妻子好合如鼓瑟琴

兄弟既翕和樂且湛

宜爾室家樂爾妻孥

是究是圖亶其然乎

詩經棠棣　丁酉戴傳美

丛书主编　戴伟华

# 《诗经》《楚辞》与礼俗

余　琳　著

暨南大學出版社
JINAN UNIVERSITY PRESS

中国·广州

**图书在版编目（CIP）数据**

《诗经》《楚辞》与礼俗/余琳著．—广州：暨南大学出版社，2017.11
（诗歌中国）
ISBN 978 - 7 - 5668 - 1650 - 4

Ⅰ.①诗… Ⅱ.①余… Ⅲ.①《诗经》—诗歌研究②楚辞研究③礼仪—风俗习惯—研究—中国—古代 Ⅳ.①I207.22②K892.26

中国版本图书馆 CIP 数据核字（2015）第 243061 号

《诗经》《楚辞》与礼俗
SHIJING CHUCI YU LISU
著　者：余　琳

出 版 人：徐义雄
策　　划：杜小陆　潘雅琴
责任编辑：刘　晶　黄　颖　赵梁信子
责任校对：高　婷
责任印制：汤慧君　周一丹

出版发行：暨南大学出版社（510630）
电　　话：总编室（8620）85221601
　　　　　营销部（8620）85225284　85228291　85228292（邮购）
传　　真：（8620）85221583（办公室）　85223774（营销部）
网　　址：http://www.jnupress.com
排　　版：广州良弓广告有限公司
印　　刷：佛山市浩文彩色印刷有限公司
开　　本：850mm×1168mm　1/32
印　　张：5.875
字　　数：125 千
版　　次：2017 年 11 月第 1 版
印　　次：2017 年 11 月第 1 次
定　　价：28.00 元

# 总　序

　　中国是伟大的诗歌国度，诗歌承载着内涵深厚的中国文化。"诗歌中国"的亮相，就是希望用诗来歌咏中国文化的灿烂辉煌。"诗歌中国"不仅要让人们了解诗与文化的关系，而且要让人们通过读诗来感悟中国文化的构成及其品质，体察中国文化的博大精深。可以说，一部中国诗歌史，就是一部中国诗歌文化史。

　　中国诗歌发展史以"诗""骚"为其发端，而又影响后世，并形成诗歌的"风"（《诗经》）、"骚"（《楚辞》）传统。

　　《诗经》展示的是西周初年到春秋中叶的文化画卷。孔子说："不学诗，无以言。"不学习诗，连话都不会说，当然指说出优美动听的话。不仅如此，结合孔子说的另一段话，所谓"言"还应指言辞中有丰富的文化内涵。孔子说："小子何莫学夫《诗》？《诗》，可以兴，可以观，可以群，可以怨。迩之事父，远之事君，多识于鸟兽草木之名。"（《论语·阳货》）这里说的要讲好话，需要认识社会、认识人与人之间的关系、认识客观世界的名物。孔子只是举其大概而言。事父事君和辨识事物之名，就是指文化内容。也可以说，"兴观群怨"是提升人际交往中表达的文化内涵。兴，是联想能力，比如《关雎》，本是要写爱情，却先说鸟的和鸣。《桃夭》是祝贺新婚的歌，"桃之夭夭，灼灼其华。之子于归，宜其室家"。以桃花起兴，这样写的好处，既含蓄婉转，又渲染主题。观，是观察能力。凡事未必能亲力亲为，但通过读诗可以丰富生活知识，如读《生民》就可以了解周始祖后稷及其农耕历史，知道作物之名：菽、禾、麻、麦、瓜、瓞，并知道如何形容其状态：旆旆、穟穟、幪幪、唪唪，这些词的基本意思是茂盛貌，但有细微差别，如果懂得用不同的词去表达相近的内容，那就能言了，于此才能体会孔子所说"不学诗，无以言"的真正含义。《硕人》对人物的描写，生动传神，"手如柔荑，肤如凝脂，领如蝤蛴，齿如瓠犀，螓首蛾眉，巧笑倩兮，美目盼兮"。一连串的比喻，写出美人的形貌神采。群，是合群能力，指在群体中适当表述，以达到和谐。读《诗经》的人每每惊叹于其"群"的能力。合群能力事实上是在平衡各种关系，其中最重要的是人际关系。《诗经》中对夫妻关系多有描写，如《伯兮》，讲女主人与其丈夫以及与君王的关系。"伯兮朅兮，邦之桀兮。伯也执殳，为王前驱。自伯之东，首如飞蓬，岂无膏沐？谁适为容！"伯，为女主人的丈夫，丈夫英武，为邦国杰出人才。丈夫拿着武器，听从君王的命令奔赴前线。在我、伯、王三者关系中，符合各自身份。在三者关系中又突出了"我"在丈夫离家后，甘心思伯而生首疾。"为王前驱"是夫妻分别的原因，这是女子以自豪的口吻来说的，表扬丈夫因为是邦中之杰而能为王前驱，从中也透出骄傲。怨，是批评能力。"怨"是讽刺，可以解释为批评技巧。《诗经》里怨诗不少，但因比喻而显得含蓄，其中《硕鼠》极具代表性。"硕鼠硕鼠，无食我黍！三岁贯女，莫我肯顾。逝将去女，适彼乐土。乐土乐土，爰得我所?"一般认为这是一首批判当政者的诗，《毛诗序》曰："国人刺其君重敛，蚕食于民，不修其政，贪而畏人，若大鼠也。"朱熹《诗序辨说》曰："此亦托于硕鼠以刺其有司之词，未必直以硕鼠比其君也。"朱熹的话比较可信。从诗的字面上看到的只是痛斥硕鼠破坏庄稼，所谓刺君或刺有司是字面以外的意思。这正符合"温柔敦厚"的诗教。

因为孔子诗学的逻辑起点是"不学诗，无以言"，学诗是"言"的需要而不是写诗的需要。所以说，理解"兴观群怨"之说，应该从"言"出发，掌握了诗的"兴观群怨"的言说技巧，讲话就会用"兴"，先言他物而引起所咏之词；用"观"，观察事物人情，以丰富而准确的语言表述意思；用"群"，在群体中明晰关系，并用恰当的言辞表述，以达到和谐；用"怨"，在批评的话语中以中庸的姿态出现，巧妙运用讽刺的手法，既能批评现实，又含蓄婉转。如达到孔子的要求，学诗以后就可以"言"了：可以"兴"言，可以"观"言，可以"群"言，可以"怨"言。

《楚辞》有鲜明的楚文化特征，宋代黄伯思在《新校楚辞·序》说："盖屈宋诸骚，皆书楚语，作楚声，记楚地，名楚物，故可谓之'楚辞'。"《楚辞》中屈宋诸人之作，都有明显的楚文化特征，其中涉及的神话故事、历史传说、风尚习俗都打上楚文化的印记。《楚辞》中对文化事项的描写也是多方面的，《天问》一篇对天地、自然、社会、历史、人生等提出173个问题。《招魂》中对建筑的描写："高堂邃宇，槛层轩些。层台累榭，临高山些。网户朱缀，刻方连些。冬有突厦，夏室寒些。川谷径复，流潺湲些。光风转蕙，氾崇兰些。"这里涉及了建筑及其环境。

唐诗宋词是中国文化辉煌的表现，也是反映文化的重要形式。唐诗名家辈出，文化内涵丰富。盛唐诗是诗歌发展的鼎盛阶段，李白、杜甫、孟浩然、王维、王昌龄、高适、岑参、李颀等大家名家的诗歌创作，表现了广泛的社会生活内容，形成境界雄阔、含蕴深厚、韵味无穷的"盛唐之音"。"诗仙"李白诗风豪放飘逸，"诗圣"杜甫诗风沉郁顿挫，被誉为唐诗史上的"双子星"。中唐是唐诗的中兴时期，韩愈、孟郊、李贺等人，不仅发展了杜甫诗歌奇崛的一面，还追求诗风的浑厚奇险。白居易、元稹等人则发扬杜甫的现实主义传统，作品反映现实生活内容，诗风通俗易懂。晚唐是唐诗发展的衰落期，但杜牧、李商隐诗歌自成一格，杜牧为晚唐七绝的圣手，李商隐则努力表现内心世界的情感体验，诗风凄艳浑融，具有极高的审美价值。

唐诗题材广泛，风格多样，其中山水田园、边塞题材诗在盛唐蔚为大观，在诗歌创作中追求奇险怪异和通俗易懂两派分立。

以王维、孟浩然为代表的山水田园诗人，继承了陶渊明、谢灵运写作田园山水诗的传统，他们的作品大多是描绘山水田园的自然风光，表现自己闲适隐逸的情趣。以高适、岑参为代表的边塞诗人，大力写作反映边地生活的作品，描写边地战争，表现出对建功立业的热情和对和平生活的渴望；同时也因描写边地风光和异域风情，拓宽了诗歌的表现领域。

中唐出现的奇险诗派和通俗诗派，表现出中唐诗人的开拓精神。以韩愈、孟郊为代表的奇险诗派，又称"韩孟诗派"，这一诗派在诗歌写作上好为奇崛，追求险怪，纠正了大历以来的平庸诗风，以新奇的语言风格和章法技巧来写作，进一步提升了诗的表现功能。以元稹、白居易为代表的通俗诗派，又称"元白诗派"。这一派在诗歌写作上重视写实、崇尚通俗，他们继承了古乐府的精神，自拟新题，缘事而发，在写作中以口语入诗，力求通俗易懂。

词的产生因燕乐繁盛，宋词是与唐诗并称的一代文学之盛。婉约、豪放争奇斗艳。婉约和豪放是就宋词的主要风格而言的，也是大略的划分，因此婉约和豪放也是相对的。所谓婉约是指文辞的柔美简约，作为词的风格，是以阴柔为审美特征的，内容上多写爱情、婚姻和家庭，也涉及羁旅行役、恋土怀乡等。其抒情注重细腻入微、委婉含蓄。而豪放则是指风格豪迈、无所拘束，作为词的风格，是以阳刚为审美特征的，内容上多涉及人生、社会的重大主题，如理想抱负、民族盛衰、国家兴亡和民生疾苦等。其抒情多慷慨激昂、乐观进取。最早提出词分豪放、婉约二体的是明人张綖，他在《诗余图谱》中说："词体大略有二：一体婉约，一体豪放。婉约者欲其词情蕴藉，豪放者欲其气象恢宏。盖亦存乎其人，如秦少游之作，多是婉约；苏子瞻之作，多是豪放。"后人则以此梳理宋词，纳入二体之中，遂有婉约、豪放二派。其实分宋词为二派，过于简单，但优点是能看出宋词的基本发展脉络。

人要诗意地栖居，诗意的核心价值和美丽姿色在文化母体中浸润、孕育、生长。诗的诞生，实缘于生活中诗意的发现。"物之感人"而有"舞咏"矣。钟嵘《诗品·序》云："气之动物，物之感人，故摇荡性情，形诸舞咏。照烛三才，晖丽万有，灵祇待之以致飨，幽微藉之以昭告，动天地，感鬼神，莫近于诗。"这就意味着：具有诗意的外物才能感动人心，因栖居而有诗意，才能写出诗歌，而诗歌又帮助人们生活得更具诗意。可补充一句："非陈诗何以展其义？非长歌何以骋其情。"人要诗意地栖居，构成了人和自然、社会的和谐，形成了诗性的文化生态。

从发生学角度看，"诗言志"的说法值得重新审视。诗首先是叙事。最早的素朴的诗歌已很难寻觅，通常歌谣的开篇是《吴越春秋》中的《弹歌》："断竹，续竹。飞土，逐宍。"宍，古"肉"字。虽然简短，但仍然可以看出其叙事的特征。叙事，是人类认识世界、认识事物最初的表现方式，此处论断可以稍微缓和一点：如抒情，是人类表现、摹写主体内在情感精神的手段。这样比较中和一点，可避免由对比叙事和抒情高下而带来的可能性的争议。当叙事时，人类不断认识客观世界；一旦对客观世界赋予个体情感并去表达时，抒情就出现了，以反映人类试图寻找精神世界与自身环境的沟通。

衡之心理学，儿童对外部世界的认识，应该是从具体认识抽象、从具体认识事物的客观属性再去评价客观事物，而诗歌（歌谣）从叙事到抒情再到言志的过程正和人类认识事物的过程是一致的。

诗的文化阐释，不仅要注意诗的本义，还要注意诗的衍义。在写作方面，必然表现诗本义，即诗的本来意义；在阅读方面，通常又会出现诗衍义，衍义即诗的推演意义。对诗的文化内涵理解的不同往往是诗本义和诗衍义的不同。

诗歌涉及中国文化的方方面面，如地理、交通、礼仪、婚姻、器物、音乐、绘画、书法、建筑、工艺、风俗、天文、宗教等。因此，中国诗歌文化史叙写可以是文化分类的结果。《文苑英华》所收诗歌分天部、地部、帝德、应制、应令、应教、省试、朝省、乐府、音乐、人事、释门、道门、隐逸、寺院、酬和、寄赠、送行、留别、行迈、军旅、悲悼、居处、郊祀、花木、禽兽 26 类。这一分类也可以视为诗歌中文化事项的呈现。本丛书尚不能包括所有文化类项，只是在文化与诗歌联系的某一方面或角度而立题，目前涉及的有诗与玄学、诗与科举、诗与神话、诗与隐逸、诗与山水田园、诗与民族、诗与文馆、诗与战争、诗与游戏、诗与绘画、诗与书法、诗与锦帛、诗与女性、诗与礼俗、诗与外交、诗与航海、诗与数字，另有诗与饮食、诗与养生、诗与送别尚在构思当中。当然，在选题的扩展中，我们想给读者一个诗与中国文化较为完整的知识体系。

美国学者克罗伯说："文化包括各种外显的和内隐的行为模式。"诗歌只是作为具体的载体而承担着对人类行为的说明，同样也是人类行为的文化观念、思维方式和情感取向得以阐释的文本。文化具有包容性，当诗歌成为其载体的一部分功能时，就会去表达文化意义，在文学、艺术、历史、哲学、宗教、民俗等角度参加文化的建构与创造。也许人们认识事物会追求概念，以形而上学的方式去了解历史、了解社会、了解文化的构成。诗歌虽不指向概念，但以其形象直观，而能了解文化的丰富性、复杂性，更为人们认识中国文化的构成提供活生生的图景。

本套丛书的作者和读者在写作或阅读的过程中或许会融入选择联想，把当下的文化体认、精神生活融入古代诗歌中，实现意义重构和有可能的价值置换。不过，社会的发展，物质文明的进步，并不能以失去传统为代价。相反，文化的母题总是在不断重现与强化，如故土故园、家国情怀、乡村归隐、民俗节庆，这些遥远的歌谣会永远回荡在高楼林立的都市上空。

本丛书旨在面向普通大众及海外华人、中文爱好者传播中国经典文化，践行学者的社会职责，也可以为专业研究人士提供参考。诗歌是中华文化的精髓，也是传统文化表现的载体。以诗歌与文化作为宏观视野，展开具体而微的讨论，形成大视野、大背景下的小范畴、新角度，追求学术性与可读性的合一。提倡深入浅出、明白晓畅、雅俗共赏、文采斐然的写作风格。强调著作要具有作者个性，同时也要考虑读者的需求与接受程度。

中国诗歌讲究"言不尽意""言有尽而意无穷"，也就需要读者有丰富的想象去领悟言辞之外的含义。所谓"言不尽意"并不是说言辞能力拙钝不足以表达情感和意志，也不是说言辞受客观情况的限制而不能畅快地表达思想和感情，而是说言辞有限而意义无穷。事实上，"言不尽意"在作者是有意追求的艺术效果，在读者则享有阅读过程中的想象和发挥。言不尽意的效果宛如一幅画："曲终人不见，江上数峰青。"

戴伟华
2017 年 4 月

# 前　言

　　《诗经》与《离骚》是中国上古文学图卷中最为瑰丽的篇章。《诗经》分为"风""雅""颂"三部分，收集了从西周以来流传在黄河流域、岐山内外的民间歌谣、贵族雅制、庙堂之曲。

　　自孔子开始，就将《诗经》视为雅言的典范，因此有"不学诗，无以言"一说。《诗经》中的诗歌，是那样的典雅、那样的纯净。其中有庙堂文学的雍容大度，如《周颂·丰年》："丰年多黍多稌，亦有高廪，万亿及秭。为酒为醴，烝畀祖妣，以洽百礼，降福孔皆。"在几千年前的一个丰收时节，虔敬的先民酿酒为祭，奉献给那些已逝却从未从族人生活中走远的祖灵，这是人与神的和谐。"雅"中有很多动人心魄的文人吟唱，无论中国文学史如何重写，都将永远萦绕着多少年前那一曲征人的歌："昔我往矣，杨柳依依。今我来思，雨雪霏霏。"最活泼、生动的是《诗经》中的"风"。因"十五国风"的存在，我们有机缘走进上古如诗如画的生活实境，从而惊人地发现古人的情怀与今人是如此相通，进而明白我国古典文学伟大的抒情传统是如此真挚、感人，具有一种跨越时空、令人动容的力量。"静女其姝，俟我于城隅。爱而不见，搔首踟蹰"，"林有朴樕，野有死鹿。白茅纯束，有女如玉"……当我们读到这些诗句的时候，重现在眼前的，不仅仅是那些拥有鲜活生命的青年男女，还有青春，还有爱情，还有自由，这就是生命！《诗经》的存在，以一种诗情画意的姿态告诉我们"人是如何诗意地栖居"在这片土地上，告诉我们生命本来的样式也是最为华美的样态，告诉我们亦歌亦舞、文质双美的审美形态是如何经典地凝固在传统中的。《诗经》当中有历史、哲学、文化，但是这一切都是以诗的形态在演绎，这是用生命去铺陈的广义的诗性。

《楚辞》是战国时期在楚国出现的新诗体，屈原的《离骚》开其体制，在《汉书·艺文志》中被收于"集部"，开文人创作之先河，被梁启超誉为"凡为中国人者，须获有欣赏《楚辞》之能力，乃为不虚生此国"。"乐而不淫，哀而不伤"是《诗经》的抒情传统，而《楚辞》的抒情，则来自一种更深的郁结。屈原才志高远，却命运多舛，当他备受离难时，放眼望去，这个正在重构的时代已是四分五裂的世界，信仰的根基瓦解，传统的价值沦丧，旧事已过而新事尚未到来。这种感受，是在新旧社会交替之时的传统文人的普通感受与共同心结："天末同云暗四垂，失行孤雁逆风飞。江湖寥落尔安归？"王国维在《人间词话》的命运之问当中，重复着多少个世纪之前屈原在《天问》里上下求索而终不可解的人生困境。然而命运的苦难成就了伟大的诗情："盖世所传诗者，多出于古穷人之辞也"，欧阳修的这一论断，以屈原为最初的例证，当屈原走在人生边缘，为世人与时代所不容时，他也开始了最浪漫、最奇崛的行吟。这些诗歌的产生，伴随着荆楚泽地的氤氲，回荡着巫歌旋律，上天下地，呼唤灵性的复活和自由。我们从《楚辞》苦吟的诗句中读出许多熟悉的面貌，其中有先贤，如庄子；有来者，如李白。屈原为中国的抒情诗奠定了广阔而深厚的集体无意识基础，其中蕴含着从现实向幻境的飞升，从此岸向彼岸的展望，从有形向无形的上溯，从肉身向灵魂的蜕变。

　　《诗经》与《楚辞》作为上古文学的双璧，不仅仅是当时人民吟咏性情之作，同时还是先秦社会综合文化的载体，其中的诗篇，在宴饮歌舞中被吟诵着，在集会仪式中被使用着；同时，它们又是征人的诗、思妇的歌、流浪者的哀怨与苦闷者的行吟。这些诗歌，既是对上古社会史实般的写照，又是对早期中华民族心灵发展的记载，其中有生活，也有生命；有历时性的，也有共时性的；有民族的，也有世界的。这些美轮美奂、如泣如诉的文字，将上古中国凝固成最优美的姿态，成为我们永远珍贵、日久弥新、弦歌不已的传统。

# 目　录

# 一、上古婚恋的俗与礼

　　婚恋，是人类社会中既私人化又大众化的行为。所谓私人化，即两情相悦、心心相印，是个人而私密的事情，尤其在情感萌发的初期，如雾中月、水中花，是一种难以言表的心境状态，《诗经·国风》所歌咏的，就是这种生命中美好相逢的欣悦。婚礼是公开的社会行为，是联姻双方通过仪式将个体的情感形式化、规范化的过程。因此，婚礼场面表现的是古人所信仰的阴与阳的合二为一，借着夫妇成礼，达到兴家室、美教化、合人伦、顺自然的终极目的。婚恋的俗与礼，为我们充分展示了埋藏在人类心中的感性与理性。

## （一）上古民间的爱情模式

　　打开《诗经》，我们最先看到的就是著名的《国风·周南·关雎》。这首诗描写了一位男子对一位女子一见钟情后朝思暮想、患得患失的心态，以及得到爱人应允后欣喜地筹备婚礼、恭迎新娘等行为。此诗虽然历时千年，却能够跨越时空、民族、性别等界限，引起普通人群的强烈共鸣。读罢掩卷，这位男子辗转反侧、踌躇不安的可爱形象跃然纸上，担心忐忑并转忧为喜的情绪起伏也淋漓尽现，他的情感和表达，与今天每位男子遇到心上人时魂牵梦萦、亦喜亦忧的情感是一致的。这说明《诗经》背后是本民族真挚的个性、自然的情感，是一个又一个曾经鲜活灵动的生命的记载。虽然后世的经学、阐释学将它本来的面目掩盖了，生发出许多"微言大义"，如将纯洁的爱情体验附庸为君臣关系的象征，但诗中亘古常新的情感共鸣自发地拆毁了道义的高墙，还原《诗经》质朴天然的清新气息，恢复它原来充溢其中的人性光辉与生命律动。那么，在这首生动的小诗中，展示了上古先民情感生活里怎样的画面呢？

首先，在男女恋爱与结婚阶段，所遵守的社会规则是不一样的。男女在婚前的交往比较宽松，可以自由地见面、交流或互赠礼物。"关关雎鸠，在河之洲。窈窕淑女，君子好逑。"从小诗起首句可以想见，这位男子在婚前见过自己的心上人，并为她的美好姿态而倾倒。这说明西周时期男女婚前可以自由接触，还不曾形成森严的性别隔离制度。"参差荇菜，左右采之。窈窕淑女，琴瑟友之。"三国吴地学者陆玑在《毛诗草木鸟兽虫鱼疏》里面讲道："荇，一名接余。白茎，叶紫赤色，正圆、径寸余，浮在水上，根在水底，茎与水深浅等。大如钗股，上青下白，鬻其白茎，以苦酒浸之，脆美，可案酒。"在水波里浮动摇曳的荇菜，犹如女子纤细柔美的身姿，接下来的诗句则刻画了男子弹琴拨瑟以取悦女子的行为，说明两人在婚前不仅见过，还有一定的交流，他们不仅互相吸引，还拥有共同的爱好，情趣相投，心意相通，说明两人了解程度颇深。那么，上古年轻男女在订婚之前拥有怎样的交往自由度？又具备哪些交往模式呢？

《诗经·召南·野有死麕》为我们提供了一个考察婚前男女交往行为的视角：

> 野有死麕，白茅包之。有女怀春，吉士诱之。
>
> 林有朴樕，野有死鹿。白茅纯束，有女如玉。
>
> 舒而脱脱兮，无感我帨兮，无使尨也吠。

这首小诗是上古年轻男女恋爱相处情景的生动写照。诗歌所描写的场景是年轻男子（应当是一名猎人）用洁白的茅草包裹一头野鹿，作为礼物送给情窦初开的年轻女子。林中获得的猎物要用白茅草细细包裹，使其洁净体面，因为要收下礼物的那位姑娘本身如白玉般清新而纯洁。带着礼物去和心上人幽会，少女轻声嘱咐男子步子要慢些，动作要轻些，别弄乱自己系在头上的佩巾，别惊动了人家的狗，以免狗嚷嚷起来。

这是一幅逼真的恋爱画面，它告诉我们，在三千多年前的黄河之滨，男女交往的行为模式与如今居然没有什么大的区别，两情相悦，便互相约会，互赠礼物，柔情蜜意地亲昵接触。但这种自由的恋爱风气随着时代的演变受到了遏制，在《诗经》阐释学中，古典注释学者自始至终不认可这是一首抒写恋爱真实场景与心境的诗歌，否认诗中年轻男子热情浓烈的爱意和女子羞涩含蓄的情态，将此诗附加上"恶其无礼"的骂名，强行扭曲诗意，认为本诗提倡的是男女"礼尚往来"的礼教传统。诗中男子携礼物而来，又加以包裹，是遵行古代"苞苴之礼"的遗风，诗的旨意在于写礼而不在于传情。但只要用心细读，读者应能自然地做出判断，这是一首情诗而非礼教诗。我们可以感知年轻男女恋爱时陶醉快活的心态，感受到跃然于纸面的青春气息。这也说明，在西周时期，年轻男女具有相当程度的恋爱自由，可以私下单独见面、交谈，同时互赠礼物的传统在当时已经开始形成。上古社会具有意想不到的宽松、包容的氛围，民间婚俗中恋爱常有定情行为，这种行为往往是相当私人化的，两情相悦成为值得提倡的婚恋形式。

《诗经·邶风·静女》同样是一首描写年轻男女恋爱场面的诗歌，与《野有死麕》相比，这首诗歌更加委婉细腻，并且惟妙惟肖地刻画了少女的灵动活泼与男子的憨态可掬：

> 静女其姝，俟我于城隅。爱而不见，搔首踟蹰。
> 静女其娈，贻我彤管。彤管有炜，说怿女美。
> 自牧归荑，洵美且异。匪女之为美，美人之贻。

诗歌题名为"静女"，但诗中女子并不是心静如水，而是名静实动，机灵顽皮。她与相恋的男子约好在城墙角落处见面，但到了时间却躲起来，迟迟不出现，害得男子搔首踟蹰。诗歌表现了年轻女子的幽默可爱与男子的质朴真挚。女子敢于捉弄男子，说明两人比较熟悉，已经交往了一段时间，恋人之间的小小游戏说明两人相处轻松自在，恋爱中的行为模式表明男女关系的确立是自主选择，较为自由的。

　　　　溱与洧，方涣涣兮。士与女，方秉蕳兮。

　　　　女曰："观乎？"士曰："既且。"且往观乎！

　　　　洧之外，洵讦且乐。维士与女，伊其相谑，赠之以

　　勺药。

　　　　溱与洧，浏其清矣。士与女，殷其盈兮。

　　　　女曰："观乎？"士曰："既且。"且往观乎！

　　　　洧之外，洵讦且乐。维士与女，伊其将谑，赠之以

　　勺药。

　　《诗经·郑风·溱
洧》这首诗歌更为真实
地反映了上古社会民间
自由恋爱的习俗。溱水
与洧水是郑国境内的两
条河流，春季时分，河
水上涨，男女相约到河
边游春。这一风俗被
《诗经》阐释学者注意
到并注解出来，但同时

**上巳踏青图**

（来源：李璐璐《图说中国传统节日》）

又被他们批评唾弃："男女相弃，各无匹偶，感春气并出，托采
芬香之草，而为淫泆之行。"春季时分，阳气发生，万物复苏，

燕子归来，是生育季的开端，因此男女在春季交往也更为频繁，可以享有最大程度的交往自由，这一风俗在《周礼·地官·媒氏》中也有相关的记载："仲春之月，令会男女，于是时也，奔者不禁。"春季上巳节就是这一民间风俗的节日形式。上巳节在汉代以前定为三月上旬的巳日，俗称三月三，节日内容通常有沐浴祓禊、祭祀高禖、会男女等。上巳节以沐浴开始，对此，《论语·先进》提及："暮春者，春服既成，冠者五六人，童子六七人，浴乎沂，风乎舞雩，咏而归。"这幅春日载歌载舞图是孔子所憧憬的人生乐事，也是儒生过上巳节的主要形式，但以"存天理，去人欲"为追求的儒士自动回避了该节日的另外一项重大内涵，即自由的性行为与生育崇拜。上巳时节，民间有祭祀高禖的礼俗，高禖的象征物是燕子，春日时分，燕子回归，筑巢孵卵，象征着新一轮生命的孕育与诞生。《礼记·月令》："是月也，玄鸟至。至之日，以大牢祠于高禖，天子亲往。"人们对高禖的祭祀代表着对旺盛生命力与生殖能力的追求，对子孙后代繁衍昌盛的渴望，因此，男女不受礼俗约束的自由结合，成为本时期可以理解并值得提倡的事情。从《溱洧》这首诗歌中，我们可以发现，与前面的《野有死麕》《静女》相比，该诗中的男女交往行为要更为开放大胆：在河水渐涨的春日，男女各自佩戴香兰，庆祝上巳节。女子问男子是否要去观看洧水？男子本来已经去过，但觉得有佳人相伴，不妨再去，欣然答应，二人在水边嬉戏，感到非常快乐。诗歌的讲述点到为止，但结合上巳节有到河边沐浴的传统，那么女子邀请男子到河边去玩，便是非常大胆的挑逗行为了。因此，这首诗歌被《诗经》阐释学者定义为"淫泆"也是不难理解的。正是这样开放的交往模式，使我们窥见上古社会人们生机勃勃、自由自在的精神状态与健康人性的社会环境。

值得注意的是，自由恋爱的模式在《诗经》中并不是比比皆是的，这种爱情交往方式在象征民间声音的"十五国风"中比较普遍，但在文士创作的《小雅》与贵族宗庙祭祀清歌的"三颂"（《周颂》《鲁颂》与《商颂》）中则比较少见。文人雅士、上层贵族的婚恋生活，显然拥有与民间不同的礼仪形式，在"雅""颂"内很难再寻找到男女你情我愿、各随己意、自由交往的行为记载与描写。这进一步说明"礼不下庶人，刑不上大夫"是西周至春秋的真实社会形态，礼与俗在上古社会已泾渭分明。民俗是大众化、世俗化的，作为民族深层心理潜意识沉淀下来；礼仪是高雅化的、小众化的，作为民族精英意识形态与文化表征形成公开符号与标识。

## （二）上古婚礼仪式

### 1. 媒妁之用

如果自由选择是民间婚恋的基本模式，恋爱到一定阶段，择期成婚则成为男女双方必须考虑的事情。在这个阶段，两人的行为则不如前期那么随意，即使是在自由恋爱风气下的民间，一旦双方需要结婚，就必须遵循相应的风俗习惯。这个时候，媒人成为实现婚姻的重要中介。

> 氓之蚩蚩，抱布贸丝。匪来贸丝，来即我谋。送子
> 涉淇，至于顿丘。匪我愆期，子无良媒。将子无怒，秋
> 以为期。

《诗经·卫风·氓》是一首女子向男子吐露心声的诗歌。孟夏时分，女子将刚刚收获的蚕茧送到市集上去出售，这时遇到了恋人前来与自己商量婚期。两人交谈方罢，女子送男子行至水滨，男子希望能够早点定下婚期，这时女子抱怨道，并不是自己故意拖延，实在是因为男子没有找到良媒上门提亲，希望男子不要发怒，但愿能在下一个季节达成婚约。诗中的男女是自由恋爱的，在婚前他们享受见面、交谈等权利，说明民间对于男女恋爱的态度是宽松的，但当双方需要考虑婚姻时，则需要通过媒人的参与和协助。诗中的女子养蚕缫丝，说明她并非贵族，而是需要参加劳动的民间女子。即使平凡普通的女孩的婚嫁，也需要男方延请合适的媒人上门提亲商议，说明当时社会虽然有着婚前男女交往自由的风气，但在婚姻一事上却需要遵循严格正规的礼俗。因此，在《诗经·齐风·南山》一诗中，有这样的记载：

> 南山崔崔，雄狐绥绥。鲁道有荡，齐子由归。既曰
> 归止，曷又怀止？
> 葛屦五两，冠緌双止。鲁道有荡，齐子庸止。既曰

庸止，曷又从止？

蓺麻如之何？衡从其亩。取妻如之何？必告父母。

既曰告止，曷又鞠止？

析薪如之何？匪斧不克。取妻如之何？匪媒不得。

既曰得止，曷又极止？

这首诗歌从民间礼俗的角度批评了当时备受争议的鲁桓公的夫人文姜。"《南山》，刺襄公也。鸟兽之行，淫乎其妹。大夫遇是恶，作诗而去之。"对于齐襄公与文姜乱伦之行为，诗人很不以为然，认为男女成婚，必然先告知父母，并有媒人周旋，这是基本礼数，但文姜嫁给鲁桓公，礼数已经周全，却未尽妇人之仪，有悖人伦，拨乱礼俗，为众人所不齿。可见，结婚与恋爱是两码事。在上古先民的观念当中，不管是贵族还是百姓，通过媒人说合，是婚姻能否体面、合乎社会伦理规范的基本前提。这并不是某一地区、某一人群的特例，在稍晚时期的南方楚江流域，诗人屈原所作《楚辞》的某些篇章中，也常提及婚姻当中媒妁的重要性。《楚辞·抽思》："有鸟自南兮，来集汉北。好姱佳丽兮，牉独处此异域。既惸独而不群兮，又无良媒在其侧。"远方游子来到异乡，渴慕佳丽，厌倦孤独，但因无良媒引介，无法成婚，成为诗人苦闷的原因之一。说明在荆楚之地，民风虽古朴、原始，但成婚需要由媒人引介，方能结为百年之好也是本区域保持和遵循的传统。

从《诗经》到《楚辞》，可以发现，西周至战国年间，从渭河、岐山到荆楚一带，成婚礼仪中需要媒人参与，是在时间上绵延已久、地域上跨越南北的普遍礼节。媒人的出现与存在，作为一种社会文化的表征符号，是否揭示出某种上古的思维规律呢？

考察媒人在成婚礼仪中的作用，从以上征引《诗经》中的诗歌可以看出，在上古时期，媒人并不参与男女双方认识、恋爱环节，主要是在成婚仪式当中起到引介、安排的作用，使礼仪符合规范。因此，媒人是婚礼的引导者与协助者，其存在是由上古特定的礼仪环境所决定的，是一种古老的礼仪传统在婚礼中的体现与延续。礼仪的产生，最早起源于原始社会时期人与人交往时"物物交换"的仪式，这是礼尚往来的雏形。仪式中的物物交换不是商品流通时的等值交换，而是来源于一种原始的信仰观念：即万物有灵观念及灵力信仰。法国人类学家马塞尔·莫斯在考察了世界各地原始人群对于人际交往中礼物交换的共同规律后总结道：万物所携带的灵力必须流通起来才不至于伤害到拥有者本身，同时，将礼物交换出去对于所有者而言将带来更多的福气，这是礼尚往来起源的原始理论根基。伴随礼物交换而来的，是交往者之间日益频繁的接触与互动，这种交往活动逐渐发展成为规模化的礼仪。在礼仪过程中，物品的赠予与收纳仍是关键性的一环："除了社会生活以外，我们还处在这样的一种生活之中：就像人们常说的那样，我们总是'欠人情'。受人滴水之恩，当以涌泉相报。'回报'总是要更昂贵、更大方。"①《仪礼》中也记载，当来宾约见主人时，必须携带礼物，这个礼物叫做"挚礼"。

---

① ［法］马塞尔·莫斯著，汲喆译：《礼物：古式社会中交换的形式与理由》，上海：上海人民出版社，2002年，第187页。

《仪礼·士相见礼》："士相见之礼：挚，冬用雉，夏用腒。"如果主人因为客气执意不收，来访者要劝说主人："某不以挚，不敢见。"礼物在宾主交往中，起着示好、尊敬等作用。由于礼仪过程中有礼物交换，所以相应的应有中间人的存在。礼书上这些中间人往往手捧"挚"而来，因此，可统称为"执挚者"。"挚"在上古又常写作"质"字。"质"从甲骨文字形分析来看，是两手捧着礼物呈上的样子，代表着执挚者的职分是与礼物直接相关的。事实上，执挚者所从事的工作，最早是在仪式中衡量宾主双方所交换礼物的价值，专称贾人。郑玄注《聘礼》云："贾人在官知物价者。"随着社会的发展和礼仪的演变，当礼仪逐渐剥离最初物物交换的本质后，被敬鬼神、重人伦、等秩序等象征意义取而代之后，执挚者的工作内容也相应发生变化，不再只是衡量双方礼物的价值，而是在仪式中承担收纳礼物、宣布礼物内容等具体事务性工作，成为礼仪活动中的筹备、执行人员，类似今天礼仪活动中的司仪。执挚者的人员构成也是多样化的，如果是身份低的人求见身份高的人，则可自己充当执挚者。如《仪礼·士相见礼》："士相见之礼：挚，冬用雉，夏用腒。左头奉之，曰：'某也愿见，无由达。某子以命命某见。'"意思是身份卑微的士想求见尊贵者，但没有合适的人引介，只能自己左手执着挚礼，举至头部，请求尊贵者接见。如身份相等的两人彼此相见，则有"介"作为中间人，互换礼物，代为引见。如《仪礼·乡饮酒礼》："乡饮酒之礼，主人就先生而谋宾介。"乡饮酒礼中的宾，是贤者、能者，是在礼仪中受到礼遇的人，可与主人对面而坐，以示地位平等。介，则次于贤者，是协助主、宾双方完成礼仪之人，因此乡饮酒礼中的"执挚者"，即礼仪中间人，就是众多的介者。执挚者地位虽然低微，却是礼仪顺利开展的必要保证，因此在仪式进行时，要为他们专门留出席位，礼仪结束后，主、宾要分别答谢他们。媒人在婚礼中的地位与作用，与执挚者相似。《仪礼·士昏礼》记载："《诗》云：'匪媒不得'，是由媒也。其行五礼，自纳采已下，皆使使往，是交接设绍介也。云：'皆所以养廉耻'者，解所以须媒及设绍介者，皆所以养成男女使有廉耻也。"可知，婚礼中媒人起着赠送礼物、交换婚嫁双方意见的作用。媒人的作用与意义：一是承担礼物的给出与接受，二是协助礼仪顺利开展，使婚礼意义实现，成就婚礼养廉耻、序人伦的大义。因此，礼物与仪式是媒人活动的中心，也是古代婚礼的重点。

2. 礼物：定情之物与聘礼之物

从《国风》当中的民间爱情诗歌可以看出，自由相恋的男女，赠予对方定情信物是确定感情的一个重要环节，这与今天男女恋爱互赠信物并无太大区别。诗歌中的礼物，多为自然界出产的食物、植物等，较为易得，具有情感象征性，所谓礼轻情意重。

《诗经·召南·野有死麕》一诗中：

野有死麕，白茅包之。有女怀春，吉士诱之。

林有朴樕，野有死鹿。白茅纯束，有女如玉。

男子赠予心上人的是打猎获得的小鹿。鹿是上古北方地区较为常见的食物，小鹿奔跑能力不强，比较容易捕捉。虽然相比鹿茸，小鹿肉要普通许多，但是男子以小鹿为礼赠予心上人，并不是因为此物易得，而是有他细腻的心思在里面。小鹿灵动活泼、天真纯洁，象征女孩的年轻美丽，同时，鹿茸性燥，大热，多为中老年男性服用以补肾壮阳；小鹿肉温而不燥，性平和，易于消化，可帮助调理气血，年轻女子食用是再合适不过了。因此，礼物虽轻，却代表了男子的一番苦心与细心。

《诗经·邶风·静女》一诗中，女子献给男子的礼物则更为简单寻常：

静女其娈，贻我彤管。彤管有炜，说怿女美。

彤管为何物？彤为红色，管是一种空心植物的代称。可以推测，女子赠予男子的，是一种带有美丽的红色光泽的草本植物。这件礼物的随意性更大，可能是女子从牧场上或溪水边偶然得来。礼物虽然寻常，但质朴真挚，它自然的光辉，象征着女子洋溢的青春光芒与沉浸在恋爱中的美好心境。与之相似的是《诗经·郑风·溱洧》中所描写年轻男女到河边赏春戏水，互相赠予的礼物，正是春季盛开的、随手可得的芍药花。《诗经·卫风·木瓜》也值得引起注意：

> 投我以木瓜，报之以琼琚。匪报也，永以为好也！
> 投我以木桃，报之以琼瑶。匪报也，永以为好也！
> 投我以木李，报之以琼玖。匪报也，永以为好也！

从字面上看，这是一首歌咏恋爱中男女互换礼物的小诗，对方赠予自己木瓜、木桃与木李，出于对对方的深情，还分别回赠了琼琚、琼瑶与琼玖。后面三物都是贵重的美玉，还礼者希望通过这样的方式长久保持与恋人的深情厚谊。然而，在《诗经》注疏当中有对孔子言论的征引，其中谈到本诗："于《木瓜》，见苞苴之礼行也。"什么是苞苴之礼呢？郑玄笺曰："以果实相遗者，必苞苴之。"意思是，作为礼物赠予的果实，需要包裹好后方能赠予。用来包裹的东西，多为苇草或白茅。包好礼物后再赠送，在现在看来是很普通的行为，但在当时却被认为是一种礼仪，似乎是礼仪当中的一个新环节，这里面蕴藏着怎样的内涵呢？苞，从草旁，本义为草的一种；又从"包"音，意思是用草包裹物品。上古赠送礼物，多有包裹。《尚书·禹贡》中记载："厥苞橘柚，锡贡。"上贡的橘柚都需要精心包裹起来，是献礼的要求。《礼记·典礼》郑玄注曰："苞苴，裹鱼肉，或以苇，或以茅。"苞苴之礼的意义在于，礼物交换时对方不清楚里面所藏何物，单纯以"赠予"作为礼物给出的缘由，不带有交换目的，显示礼物存在的非功利性。因此，在男女交换礼物时施行苞苴之礼，则体现出不论物品贵贱，仅表现心意的单一目的。所以在《木瓜》这首诗中，双方所交换的礼物价值虽看似不对等，但代表的"永以为好"的心愿，使得礼物价值的差距得以淡化。因此苞苴之礼背后蕴藏着上古礼仪对功利性、交际性等实用成分的剥离，体现出礼仪交往中浓厚的情感色彩，因此为孔子所称道。

同时，还要进行比较的是，苞苴之礼与上古并行存在的另外一种礼仪——相见礼中的"挚礼"是有所区别的。在《仪礼·士相见礼》《仪礼·士昏礼》等对上古礼仪的记载中，较为多见的是对于相见过程中挚礼的表述。挚礼，即相见时宾客手捧礼物献上之礼。所献之物，礼书中均有明确的说明，如君臣相见——《周礼·春官宗伯·大宗伯》："以禽作六挚，以等诸臣。孤执皮帛，卿执羔，大夫执雁，士执雉。"挚礼中所献之物，礼书均不曾说明采纳"苞苴"之法，应是直接献上。这时礼物所代表的不再仅仅是奉献心意情感，而是要直接呈现礼物本身所具有的象征含义，如以不同礼物等级体现身份的高低，以特定礼物种类表现行礼的目的。因此，挚礼与苞苴之礼相比较，更具有实用性、符号性与目的性。

然而，随着时代的发展，苞苴之礼起初所具有的超越功利、表达情感的本义慢慢丧失了，转而发展成为贵族之间施行贿赂的手段之一。包裹起来的礼物不能亲见，往往以贵重之物充之，以图达成献礼人加官晋爵等目的。因此《荀子·大略》中已有"苞苴行兴"的记载，杨倞注曰："货贿必以物包裹，故总谓之苞苴。"

情侣恋爱期间赠送的礼物带有随意性，当恋爱关系进入到谈婚论嫁的阶段，由媒人出面协商，正式送出双方拟建立婚姻关系的礼物称为纳彩礼。《仪礼·士昏礼》郑玄注曰："将欲与彼合婚姻，必先使媒氏，下通其言。女氏许之，乃后使人纳其采择之。"《诗经》很少直接表现纳彩之礼的内容，但仍有部分诗歌以暗示的方式写出，如《诗经·邶风·匏有苦叶》：

> 匏有苦叶，济有深涉。深则厉，浅则揭。
>
> 有弥济盈，有鷕雉鸣。济盈不濡轨，雉鸣求其牡。
>
> 雝雝鸣雁，旭日始旦。士如归妻，迨冰未泮。
>
> 招招舟子，人涉卬否。人涉卬否，卬须我友。

这首诗歌描写了一位正在筹备婚礼的女子，在河边焦急等待自己的未婚夫。她看到大雁南飞，河水始冰，心中感到很着急，因为她希望可以把婚礼安排在冬季来临之前。这里的大雁虽是物象，但同时也是一个意象，因为在古时，雁是约定俗成的纳彩之礼，是婚礼开始的象征。

**邶风·匏有苦叶**

［来源：（清）乾隆《御笔诗经图》］

《仪礼·士昏礼》："昏礼。下达，纳采用雁。"当女方同意男方求婚之后，将接纳男方所赠送的礼物——雁，以示许婚。为什么用雁作为婚礼流程的第一步呢？古人解释，首先，大雁秋季南飞，春季北归，守时而至，以雁为礼，表示在适宜的时候应许女子婚期，不夺女子宜婚之时。《白虎通义·嫁娶篇》："用雁者，取其随时南北，不失其节，明不夺女子之时也。"《仪礼·士昏礼》郑玄注："取其顺阴阳往来也。"雁初春北飞而深秋南飞，始终追逐自然界之阳气，在婚姻生活中，夫为阳，妇为阴，联姻正是阳倡阴和之事。以雁为定，意味着夫妇之间，妻子应服从、追随丈夫，发挥以阳弘阴之义。唐代学者贾公彦认为："顺阴阳往来者，雁木落南翔，冰泮北徂，夫为阳，妇为阴，今用雁者，亦取妇人从夫之义。"再则，雁群起飞，排列有序，不乱其位，意味着婚姻生活中，夫妻应遵守礼法，长幼有序，以达到家庭和谐之目的。因此，雁对于婚姻的象征意义，有守时、守贞、守序三方面。在婚礼的六个环节：纳彩、问名、纳吉、纳徵、请期、亲迎中，除纳徵外，其他五个步骤均需以雁为礼。上古婚礼以雁为挚礼，与之前提及的苞苴之礼不同，雁不需包裹，本身就作为婚姻关系的一种象征符号。上古礼仪分尊卑等级，从挚礼本身执行的角度讲，卿、大夫、士等阶层都有各自严格的区分，但唯有婚礼用雁，不分尊卑，一律统一。值得注意的是，在婚礼中作为挚礼的雁，也是中国古代诗词当中歌咏得最多的一种鸟类。然而，与礼仪中大雁所拥有的"合夫妻之好"吉祥含义不同的是，进入文学吟咏中的大雁，其具有的意象往往是孤单、苦闷与忧郁，它是飘零生活与思念情绪的象征物。如李清照《声声慢》："雁过也，正伤心，却是旧时相识。"梅尧臣《秋雁》："秋雁多夜飞，前群后孤来。"李益《春夜闻笛》："洞庭一夜无穷雁，不待天明尽北飞。"李白《宣州谢眺楼饯别校书叔云》："长风万里送秋雁，对此可以酣高楼"等。雁的守时、守序与守贞，在礼学家看来是人类婚姻的榜样，具有吉祥意义，但在文人骚客眼中，却是一种无奈的、不可抗拒的悲剧性命运。

婚礼六个环节中唯一不以雁作为挚礼的纳徵礼，是礼仪中的第四个环节，其基本含义是男方派使者纳送聘财到女方家，以成婚礼。《仪礼·士昏礼》："纳徵，玄纁束帛，俪皮，如纳吉礼。"徵，有"成"的意思。纳徵礼所奉上的礼物是厚礼，有币与毛皮等贵重之物，说明男女双方的婚事已成定局，所以纳徵又称为纳币。纳徵礼中，"玄纁束帛，俪皮"具体所指是什么呢？是否随着行礼人身份的不同又有所变化呢？《仪礼》注释中讲得很清楚：玄纁是黑色丝绸；束帛是将黑色丝绸成捆地束起来，每捆长约两丈；俪皮，即一定数量的鹿皮。需要注意的是，纳徵礼中对"玄纁束帛"的规定是一项大致的要求，随着宾主身份地位的不同，礼物的分量也会有所增减。"礼不下庶人"，因此庶人所备的玄纁，仅需黑色的布料而已，不必用纁这样贵重的丝绸，这叫做"空用缁色"；士大夫则是玄纁、束帛皆备；诸侯在此基础上还要配上大璋；天子则需要加以谷圭。因此《周礼·考工记·玉人》记载："谷圭七寸，天子以聘女"，"大璋变如之，诸侯以聘女"。谷圭，长七寸；大璋，具有繁复纹饰的玉璋。值得注意的是，不管是纳彩礼还是纳徵礼，礼物都不是求婚者亲自献上，而是由使者"奠上"，即呈放于案几献上，代表求婚者真诚与谦虚之意，以及问询礼物能否被收纳的小心谨慎之情。

### 3. 婚礼：场面、形式与意义

随着礼物的给出和收纳，婚礼的各个流程也逐次展开。婚礼在上古礼仪中属于"嘉礼"，具有嘉美之意义。《诗经》中对于婚礼的场面也有较为频繁的描述，如《诗经·周南·桃夭》：

桃之夭夭，灼灼其华。

之子于归，宜其室家。

桃之夭夭，有蕡其实。

之子于归，宜其家室。

桃之夭夭，其叶蓁蓁。

之子于归，宜其家人。

**周南·桃夭**

[来源：（清）乾隆《御笔诗经图》]

这首著名的诗歌描写了少男少女成婚之时，男女双方家庭欣慰喜悦的场面。以盛开的桃花比喻女子的娇艳，以桃叶与桃实祝福这段婚姻美好的前景。此外，又如《诗经·召南·何彼襛矣》：

何彼襛矣？唐棣之华！曷不肃雝？王姬之车。

何彼襛矣？华如桃李！平王之孙，齐侯之子。

其钓维何？维丝伊缗。齐侯之子，平王之孙。

这首诗歌描写了周武王女儿的一场豪华盛大的婚礼场面。诗歌以唐棣之树（唐棣：即棠棣，常见于湖北西部，是一种很美丽的小乔木，果实成熟时蓝黑色，可食，味甘美）的繁荣之态形容王姬面色容光焕发，以桃李之色形容王姬的新郎——齐侯之子的意气风发。随行车辆众多，礼数周全，诗歌赞美了这场婚礼符合规范，符合各人身份，使婚礼意义得到了彰显。

同时，《诗经》中还有描写出嫁之日，女方亲人送新娘出门成婚的动人诗篇，如《诗经·邶风·燕燕》：

> 燕燕于飞，差池其羽。之子于归，远送于野。瞻望弗及，泣涕如雨。
> 燕燕于飞，颉之颃之。之子于归，远于将之。瞻望弗及，伫立以泣。
> 燕燕于飞，下上其音。之子于归，远送于南。瞻望弗及，实劳我心。
> 仲氏任只，其心塞渊。终温且惠，淑慎其身。先君之思，以勖寡人。

这首诗歌表现了女方家人对于女子出阁依依不舍的场景。亲人之间的浓浓深情，以及对新娘的不舍、祝福、叮嘱、牵挂，都包含在这首深情款款的诗作当中了。

因此，从《诗经》中可以看出，婚礼有着超乎一般社会活动的组织性与演习性，这一场面体现出来的气息与蕴含的意义是《诗经》当中婚恋诗歌比较重要的主题。所以，通过《诗经》，我们有必要系统地了解一下上古婚礼的具体过程及其代表的象征意义。

根据《仪礼·士昏礼》的记载，上古贵族阶层婚礼有六个阶段：纳彩、问名、纳吉、纳徵、请期和亲迎。

纳彩以雁为挚礼，是征询女方是否有意愿婚配男方的礼仪，也是嫁娶双方需要举行正式礼仪的第一环。在纳彩礼中，主为女方的父亲，宾为男方派来的使者，双方进入宗庙，使者授雁，主人若同意许亲，则请家中年长且受尊敬者接受。

当挚礼被收下后，随即问名，即求问女方姓名及生辰八字等，用以占卜。因此，纳彩礼与问名礼事实上是一同举行的。

纳吉礼，是将男女双方的姓名、生辰八字进行占卜，当占卜得到吉兆之结果后，成婚之事基本可以确定，男方便派使者前往告诉女方。使者所报的言辞大致是这样："纳吉曰吾子有贶命，某加诸卜，占曰'吉'，使某也敢告。"主人回复："某之子不教，惟恐弗堪，子有吉，我与在，某不敢辞。"

随后纳徵礼是正式确定婚事，礼仪流程与纳彩礼一致。从史书记载来看，纳徵礼最迟形成于春秋时期。《春秋左氏传》已有记载，庄公二十二年"冬，公如齐纳币"。

接下来是请期礼，即确定成婚日期。所谓"请"，是男方向女方问询。但当男方派出的使者征求女方婚期意见时，女方往往推辞不受，意思是婚礼是阳倡阴合之事，因此日期应由男方来定。男方则仍以占卜的方式决定吉日。《诗经·邶风·匏有苦叶》是一首与婚期相关的诗歌，诗歌中的女子向男子建议，士人娶妻，宜在河水始冰、大雁南飞之时，即深秋之日，不宜拖延至冬季。秋季暑去寒来，阴阳交替，万物长成，是民间认可的成婚良期，婚礼以雁为挚礼，或许也与秋雁成群南飞，较易获取有关。因此上古婚礼多择秋季举行。《诗经·卫风·氓》也有同样的记载："匪我愆期，子无良媒。将子无怒，秋以为期。"

最后是亲迎之礼。上古士大夫及以上阶层的婚礼具有一系列非常复杂的形式。简略地说，迎亲之前先要举行祭祀，迎亲要"乘墨车，从车二乘，执烛前马"。由此可知，迎亲是在夜里，需要用火烛照明，后来学者认为婚礼的"婚"即从"昏时"演变而来，要选择阳气消落、阴气渐长之时，因为妇人本属阴性。《诗经·陈风·东门之杨》："昏以为期，明星煌煌。"也正是对这一婚时的确切表达。

《仪礼·士昏礼》郑玄注曰："士妻之车，夫家共之。大夫以上嫁女，则自以车送之。"即士大夫及以上阶层人士的婚礼，新妇所乘之车要用裳帏包裹装饰。因此，在《诗经》中描写王姬出嫁的情形时，车马、随从浩浩荡荡的阵容，是符合礼书规范和周武王之女与齐侯之子各自的身份地位的。《诗经·召南·鹊巢》："之子于归，百两御之。"为什么送亲的车辆多至百乘？这是诸侯之女出嫁的礼数规定，也体现出男女双方门第相当。因此男方迎亲时相应也有规模浩大的车辆接引，如《诗经·大雅·韩奕》："韩侯取妻，汾王之甥，蹶父之子。韩侯迎止，于蹶之里。百两彭彭，八鸾锵锵，不显其光。"可见送亲与迎亲的队伍，都相当匹配，显示出贵族婚姻的门当户对。当迎至夫家后，新妇身着丝衣，面南而立，陪伴她的有乳母和随从等女眷。夫妇要共同完成一套非常复杂的答拜礼与祭祀礼，至次日清晨，还要酬谢女方的亲人家属。

上古婚礼细节极为烦琐，程序复杂，但可以看出，它已成为后世乃至今天婚礼模式的雏形，反映出古人的阴阳观，体现出憧憬夫妇融洽、人伦相合、鬼神相协的美好愿望。同时，它以典礼的方式体现出婚姻的严肃性与社会性，故而《诗经》中对于婚礼场面的多次颂赞，事实上也反映了春秋时期人们对于盛大和谐、有伦有序的社会生活图景的歌颂与向往。

**召南·鹊巢**

［来源：（清）乾隆《御笔诗经图》］

## 二、《诗经》与祭祀

如果婚姻之礼象征着夫妇有序、阴阳相长，是美好而吉祥的礼仪形式，那么，代表着慎终追远、敬天孝祖的祭祀礼，则在礼仪当中显得最为庄严肃穆，意义重大。因此，《诗经》当中描写与祭祀礼相关的内容，多收于"雅""颂"，体现出该类礼仪尤为突出的贵族性、等级性与专有性。从常识角度来讲，婚姻与祭祀是所有阶层人群共有的活动，是基于人类对生存及安全感的需要而出现的礼仪形式。但《诗经》对婚礼的表达自由而活泼，这多出现在"十五国风"当中，对祭祀礼的表现则出现在贵族文人的诗作当中。因此，可以推论，就礼仪本身而言，祭祀礼是较之婚礼更为严肃正式、意义重大的礼仪，其重要性超乎一般的日常生活层面。

从现今的考古发现来看，中国的礼仪制度在新石器晚期已初具雏形。二里头文化遗址当中，也已出现规范的用鼎、鼎爵连用等制度，说明当时的贵族生活已基本礼制化。现有的文献记载与出土文物都指明，祭祀在中国礼仪系统当中占据着最重要、最核心的地位。

我们现今所发现的重要文化遗址与重大文化现象中，均有与祭祀密切相关的实物或符号出现。如在内蒙古红山文化遗址当中，出现了规模庞大的祭坛；在浙江良渚文化遗址中，出现巫师所使用的具有通神作用的玉琮；在河南殷墟遗址中出现的证明中国古史切实可信的甲骨文字，其原本是向神灵占卜求问时使用的记录符号。《左传·成公十三年》郑重地申明："国之大事，在祀与戎。"一个国家最重要的事情，莫过于祭祀与征伐，这标志着传统悠久的中华文明，在源头时期便已拥有一种原始的信仰：相信魂灵，相信上天的意志，相信人神之间能通过祭祀方式取得沟通。中国先民在这种信仰原则的基础上发展出完善的崇拜礼仪系统，与世界上其他古文明相比，体现出中国人的思维如何在世界性的基础上显示出本民族的特征。《诗经》的"雅""颂"篇章，为我们勾勒出西周至春秋时期祭祀礼仪的类型、场面及特色。与上古礼书的记载相对应，使我们更加具体、细致地认识到条文式的礼仪规定如何在现实生活的细枝末节中得以实现和执行。

## （一）上古祭天礼仪

首先，祭礼在古代五礼当中属于吉礼，此类礼仪的目的在于告慰上天神灵，祈福驱灾，达成人神和好、国家安宁、家族兴旺、子孙绵延的美好愿望。传统的祭祀对象主要有天地、祖先神灵、四方诸神、江河山川、日月星辰等。其中对天地及祖先神灵的崇拜祭祀是重中之重。

　　祭祀天地，在古礼中又称为"郊祭"，因为祭祀地点在郊外。郊祭又称"禘祭"，《尔雅·释天》："禘，大祭也"，在祭祀中历来处于最尊贵的位置。祭天之礼以冬至圜丘祭祀昊天为尊，祭地之礼以夏至方丘之祭为尊。从礼仪的发展历程来看，祭天礼占据了祭祀系统的核心。在红山文化遗址中，便发现有以同心圆形式垒起的三层祭坛。二里头文化遗址中，在都城北面是祭祀区域，祭坛上挖出圆圈，填充与祭坛颜色不同的土墩。同时，从祭坛掩埋的牺牲来看，当时已有祭祀天地与祭祀祖灵的区分。在殷墟遗址中，祭祀区域的划分更为明显。殷人的祭祀种类多样，祭天礼地位很高，天在殷人意识中，与人格化的天帝相结合，成为庇护国家与人民的"有情天"，商人祈求风调雨顺，必然向天帝祷告求问。

　　祭天礼仪在西周以典籍的形式被记载下来，年复一年地在冬季被执行，形成固定的礼仪程式。从《礼记》中整理出来的祭天礼主要有如下特征：①祭天用特牲。特，一也，即祭天时使用的牺牲仅为一头。同时，这一头牺牲还要讲究轻小、洁净，最好用牛犊，因为小牛不曾沾染血气之情，在古人的观念中觉得更加纯洁干净。②祭祀礼器宜用陶器。《礼记·郊特牲》："扫地而祭，于其质也。器用陶匏，以象天地之性也。"陶器取材于自然，性质最接近天地本身，象征其朴素寂静的特征。③祭祀的方法是燔祭，用苍璧礼天。燔祭是在祭坛上焚烧柴木，用烟火气息告知天神，献牲的方法是"郊血，大飨腥，三献焗，一献孰"。意思是将牺牲杀戮后以血献上。以血为祭的原因是新鲜的血液具有特殊的气息，古人认为这种气息能够上达天庭且为天神所乐于接受。用苍璧礼天，则是以青色玉器代表天空所呈现的颜色。④祭天当日，王戴上衮冕，即用珠琏作为装饰的帽饰，垂于面前，珠玉打磨如日月星辰的样式，用以象征天与天数（如右图所示）。乘素车，即去掉所乘车辆上的装饰，以接近天本身至高、至极的特征。

**衮冕**

［来源：（宋）聂宗义《新定三礼图》］

　　从祭天礼的思路可以看出，礼仪环节中对牺牲、礼器、祭法等的安排，都是以接近天的属性为标准的。从礼仪的设置上可以看出，对天的祭祀既不在于浓墨重彩的铺张，也不在于物质上的贵重与丰富，而是要反映人们在观念中对上天属性的认识，在祭祀礼仪中模拟天的性状且表达对天的理解。祭天礼贵在"轻小、洁净"，祭祀方法讲究"以质相求"而非"以形相合"，这反映出古人对于天的认识并非只停留在现实与物质的层面，而是处于形而上与抽象思辨的范畴内。天不再是一个具体可感知的概念，也不仅仅是超能力的拥有者。天更多地体现为一种绝对的意志、悬置的真理，是宇宙天地之间至高无上的运行规律。天本身无形无状，隐于可见之物背后，在早期礼书记载的祭天礼中，对天的理解蕴含着哲学的思考，天已从物质形态中抽离出来，变得更加概念化。因此，对天的祭祀也不再注重有形方面，祭祀器物与方法都向符号观念进行转化。

祭天礼的一系列特征，在《周礼》《仪礼》与《礼记》中已经体现并形成固定的模式，"三礼"文献反映的是在西周建立礼制文明以来的历史史实与观念形态，这说明周人已经形成对天的本质属性的抽象理解和完成祭天仪式纯符号化演进的实践。然而，这一思想上的特质是否只是周代文明的产物呢？事实上，溯其源头，从周以前上推两个朝代，在传世文献中多次被提及，随后，考古发现其确实存在于夏朝文化遗址中，因此，我们已经能够发现周人与"天"相关的思想与行为的源头了。

河南偃师二里头文化遗址是目前学界较为确认的夏代晚期都城遗址。遗址中发掘出土了现今最早的青铜酒器——青铜爵。该铜爵的生产工艺采用合范法，即分别铸造铜爵上、下两部分再给予合拢。整件器物器身修长，壁薄，装饰简单，光素无纹，仅在器身与錾的部位以乳丁纹装饰。

**河南偃师二里头遗址出土的青铜爵**

（来源：国家博物馆藏）

在二里头遗址中出土的还有绿松石镶嵌的青铜佩饰一件。该青铜佩饰为兽面纹饰，在兽的目、口等部位均为镂空，器面纹饰复杂，表面覆盖有一层绿松石贴片。在该遗址已出土的青铜器中，本件青铜佩饰是最为精美的一件。可以推断，至夏代晚期人们已初步掌握用矢蜡法进行铸造的技术，这是青铜工艺进步的表现。然而，夏代已经进入礼制时代，铜爵是礼器的标识，用青铜爵盛酒水以礼天地，是郊祭的雏形。铜爵是本时期最具代表性的礼器，运用于祭天大礼，而青铜佩饰则更多表现为装饰功能，运用于一般性礼仪场合。那么，在礼器上使用相对朴素简单的工艺，并非是由于当时工艺水平落后所致，因为同期青铜佩饰的生产与加工工艺已经提示该时期的生产技术已经具备进行复杂装饰的能力。因此，在礼器上保持的朴素风格不是一种被动行为而是主动选择的结果，是夏人自觉将较为原始、简单的生产工艺用于当时观念层面的器物——礼器，尤其是祭祀礼器的生产之上。

所谓"夏尚忠，殷尚鬼，周尚文"，是对上古三代审美特征的总结。结合文献与文物互证，夏代尚忠，是夏人率先在思想领域对于抽象之物、形上之物的体认，这种体认是对物质层面，有形、有限层面的超越与穿透，达至一处更为自由与无限之境。因此，夏代作为中国朝代的开端，正是在这个基础上，为后世文化的发展奠定了一个深厚而宽广的根基。

在商文化中，祭天礼的突出特征是将祭天与祭祀上天结合起来。上天从沉默恒定的绝对意志转变为人间的赐福者与裁决者。商人对祭祀的重视远远超过前代，事无巨细，均要占卜。如果在夏人看来天是沉默不言的恒定存在，那么，在商人看来天则是富于情义、具有超能力的主宰者。从甲骨文的卜辞来看，商人祈求的内容涵盖了社会生活的方方面面，从影响国家命运的祭祀、战争，到关系个人生活的生育、出行等，商人无一不向上天神灵进行求问。由于问卜的频繁，商代专门设立了卜官掌管此项事务，说明上天对于商人而言，是有求必应的指导者，是可依靠与信赖的精神支柱与行为指南。

周代继商而起，但是周文化与商文化并不是完全一脉相承的。商文化充溢着的强烈的神秘主义色彩，在周文化中被削弱

**商代牺首饕餮纹方尊**

（来源：容庚《商周彝器通考》）

了。从商、周两朝出土的器物就可以看出两者间明显的区别。商代器物多呈亚形结构，以周带为装饰基础，即在器颈、器身与器足部分区分出三条明显的环形带，每条周带上各有四面，每一面对称地以兽面纹（饕餮纹）或夔龙纹装饰。在器物的棱折部分，形成新的装饰中心，棱折处构成兽面纹或夔龙纹的鼻或角的部分，沿中心对折是立体的兽面图案（如左图所示）。这样，从东、南、西、北各个方向看去，器物始终处于观察者的视觉中心。商人所惯用的图纹，多数来自幻想与神话中具有神力且缺乏亲善的怪兽，体现出神灵世界的威严可怖，神圣不可侵犯。商人正是在现实与非现实的边界上，为个人、国家的绵延寻求着呵护与避难之所。

周文化明显与商代不同。当周人刚刚取商而代之的时候，早周时期的青铜器铸造风格尚未呈现出明显的差异。因为青铜器乃国家重器，一般认为，周代初期的青铜器多从商代继承而来，是一个新兴政权对之前朝代王权、财富与文化的剥夺。周代进入中期之后，青铜器铸造风格发生了显著的变化。之前商人常用的兽面纹或夔龙纹的数量减少了，即使有所保留，也只是保存了兽面的眼部或夔龙的角等突出特征而已。商器中的亚形结构慢慢减少，取而代之的是以圆柱形为主的青铜器物造型，纹饰呈现出越来越丰富的几何图纹。在晚期的西周铜器中，还出现了更为清新自然的动物造型——鸟兽尊，如大雁造型的青铜雁尊（如右图所示）、鱼造型的青铜鱼尊等。

**周代青铜雁尊**

（来源：全景网）

可以认为，周代的青铜器在制作风格上，明显削弱了商代浓郁的神秘主义色彩，改变了其威严凝重的风格，显示出自然、纯朴、崇尚理性的一面。这使我们不由得将西周文化与更早的夏代文化联系起来，两者不仅在地域上相隔更近，在图腾上也具有同祖同宗的渊源，在文化风格上均呈现出质朴、自然的审美好尚。因此，对周文化根源的探索，需要以夏文化作为理解的基础。但是，周文化绝非简单地继承前代，它所表现出来的新兴特质，使它成为与夏、商有所联系，但又异质的原生文化形态。其中最明显的观念转变，首先发生在对"天"的属性与功能的理解上。

翻开《诗经》，我们惊讶地发现，周人对于悬坠于他们头顶的天，竟有如此多的怨愤之情。在《诗经·小雅·节南山》中，我们读到了这样的句子："昊天不傭，降此鞫讻。昊天不惠，降此大戾。"孔子曾说过，《诗经》的美学风格在于"乐而不淫，哀而不伤"，是一种温柔敦厚的审美风格，即表达悲伤不至于过分伤痛而伤其情，表达喜悦也不至于喜形于色而失去理智。那么，是什么原因，让诗人对上天发出了愤怒的声音呢？其实，《节南山》一诗，是用以指责周幽王及其权臣政乱祸国。导致这一历史事件的直接原因是当朝大臣的专横与跋扈，诗篇开首："节彼南山，维石岩岩。赫赫师尹，民具尔瞻。忧心如惔，不敢戏谈。国既卒斩，何用不监！"诗以南山起兴，仰望南山，能看见山顶上陡峭的巨石，当朝有权有势的大臣尹氏正如压在人民头上的巨石一样，使人心有惧怕。然而民虽忧心，却不敢谈论国事，因为尹氏独断霸道，使人民道路以目，国家即将倾覆，国运如此，都是君王当初用人时没有好好地进行监督。这是诗歌针对社会问题首先提出的批评。其次，诗歌中继续追问国难发生的原因，不仅仅在于人臣失职，更在于天子为政不当。"弗躬弗亲，庶民弗信。弗问弗仕，勿罔君子。式夷式已，无小人殆。琐琐姻亚，则无膴仕。"正是由于君王用人唯亲，未能躬亲于政，放纵小人，才造成奸臣为所欲为、国家行将崩溃的政治局面。同时，诗中还进一步追问这场人祸背后的根源——认为是上天不公不惠，失信于国于民，所以才会出现这样的危难。对于天命，上古历来有一种传统的看法，即天命降于本朝，才会政通人和，故《诗经》中有这样的记载："天命玄鸟，降而生商。"天命，即上天意志，是高于人间的绝对存在，对于夏、商二朝人来讲，只能被动地接受，是无法选择也难以改变的。人必须以祭祀、献飨的方式向天表达感激与祈求，人在天的面前是渺小而低微的，应该保持谨慎态度。但是周人在混乱的世界当中看到天命已离周而去，过往的一切分崩离析，对于国家与本族所面临的灾难，他们将根源归结到失去了上天对自身的庇护，而这种抛弃是被诅咒与被埋怨的。"昊天不傭，降此鞠讻。昊天不惠，降此大戾。"这样批评上天的话语是不会在商人的思想与言语中出现的。这也说明周人对天的看法较前代有所改变，他们并非完全抛弃了对天的信仰，而是逐渐走出了商人过分依赖天意的信仰迷思，开始将解决问题的重心转移到对个人能力的重视与建立合理社会制度上来，应该说是周代所迎来的理性主义思想的萌芽。

除了《节南山》外，类似表达对上天旨意持怀疑态度的诗篇还有《诗经·小雅·雨无正》："浩浩昊天，不骏其德。降丧饥馑，斩伐四国。旻天疾威，弗虑弗图。舍彼有罪，既伏其辜。若此无罪，沦胥以铺。"诗人责怪上天降下饥馑，使四方百姓受苦，这是上天没有考虑周全。有罪的人，藏匿了起来，没有受到惩罚，无辜的人却遭受着各种各样的苦难。面对社会上这一系列不公正的现象，诗人转而对上天的安排发出了质疑与指责的声音。同时，我们也能看到，在对上天逐渐失去信任的同时，诗人也在反思人类的行为是否才是一切祸患的根源。《诗经·小雅·十月之交》："下民之孽，匪降自天。噂沓背憎，职竞由人。"诗人在这首政治讽怨诗中指出任用小人才是人民遭受祸患的源头。《诗经·小雅·巧言》："悠悠昊天，曰父母且。无罪无辜，乱如此帙。昊天已威，予慎无罪。昊天泰帙，予慎无辜。"诗人指出，上天既高且远，犹如人之父母，本身并无过错，而人所遭之大患并非从天而降，而是由自身所导致的。

由此可以看出，《诗经》中针对天、天命、天意的一系列思索，均主要集中在《小雅》当中，且以周幽王政乱倾国为历史背景。这一历史事件，导致周代国运衰微，引发当时中下层知识分子的一系列思考，他们在讽刺政事的同时也疏离了传统的对天的绝对信仰，因此，由思想上的转变随之而来的是周代祭祀制度中对上天祭祀的淡化。《礼记·祭法》："七代之所更立者，禘、郊、宗、祖，其余不变也。"《礼记》中提到的几种祭祀，分别为禘、郊、宗、祖、社稷、山川、五祀之祭。所谓七代，即指从黄帝开始，分别历经尧、舜、禹、汤、夏、商、周七代。禘、郊、宗、祖是随着朝代更替而发生着变化的，社稷、山川、五祀之祭则各朝各代形式基本不变。那么，禘、郊二祭，均为祭天之礼，是随着早先的朝代出现的祭祀形式，直至周代，禘、郊礼衰而宗、祖祭祀兴起。宗、祖之祭的新兴，标志着祭天礼在国家生活中重要性的淡化。《礼记·祭法》："夫圣王之制祭祀也，法施于民则祀之，以死勤事则祀之，以劳定国则祀之，能御大菑则祀之，能捍大患则祀之。"这里总结了周代以来古人对于创立祭祀的看法。祭祀的对象都是先贤圣人，他们在国家与社会生活中做出了实实在在的贡献，因此将其列入祭祀的第一范畴内，所以上古圣祖贤君在周人观念中是最值得祭祀的，这种祭祀有感恩成分，也有纪念之意，以鼓励后来国君向其学习，躬亲治国。在祭祀的第一序列之后，周人将日、月、星辰、山林、川谷、丘陵作为第二序列的祭祀对象。日、月、星辰，民所瞻仰也；山林、川谷，民所取材用也。值得注意的是，周人将对天的祭祀归纳到日、月、星辰祭祀中，"举日月则天地可知"，天虽然仍列于祭祀序列当中，但可以看出，周人对它的重视程度下降了，认为它是人们的瞻仰对象，与人间保持距离，且又有所疏离，缺乏强烈的情感认同，将天置于敬而远之的地位上，不如祭祀先祖意义实在与亲近。最后，周人总结道："非此族类，不在祀典"，天是由各个民族所共享的，而各族祖先则与本族有着专门、唯一的亲密关系。因此，周人确立了以血缘为族群祭祀的最高原则，这符合理性思维的发展规律——血缘关系是上古社会可以真正确定亲缘、族群的稳定关系，既然同祖同宗，必然同心协力，既然祭祀的是先祖，那么先祖之灵没有理由拒绝庇护与赐福自己所繁衍的子子孙孙。因此，周代的祖先祭祀将祭天之礼取而代之，成为本时期最为隆重、盛大的祭祀礼仪，并在此礼仪网络中构筑了周代新的文化与价值。

## （二）诗歌与祭祖礼

对于祭祖礼的兴起，《诗经》中的记载较为丰富，集中体现在"雅""颂"篇什中。《大雅》《小雅》中的祭祖礼，多祭家族之先祖，《周颂》《鲁颂》《商颂》当中的祭祖，则为本族之先祖、开国及历代君主。因此，雅篇与颂诗虽同样以祭祀祖先为抒写对象，但前者更具有人伦温情，祈求家族绵延，后者则歌颂祖先功绩，呈现出盛大的礼仪场面。《诗经·小雅·楚茨》细腻地描写了一次家族祭祀的场面：

> 楚楚者茨，言抽其棘。自昔何为？我艺黍稷。
>
> 我黍与与，我稷翼翼。我仓既盈，我庾维亿。
>
> 以为酒食，以享以祀。以妥以侑，以介景福。

诗人开篇从除草平地讲起，"楚楚者茨"，茨，蒺藜也，即指田里的杂草，田里杂草长得很茂盛，仆人正在拔除荆棘，平整土地，为的是要种植黍稷，也就是高粱与小米。当这两种农作物丰收的时候，装满了主人家的粮仓，可以用来酿酒。美酒用来祭祀，献给先祖神灵享用，以期得到先祖庇佑，子孙绵延得福。因此《楚茨》的第一段，在讲祭祀前漫长的准备工作，以及祭祖的目的——飨献先祖，求福赐福。

> 济济跄跄，絜尔牛羊，以往烝尝。
>
> 或剥或亨，或肆或将。祝祭于祊，祀事孔明。
>
> 先祖是皇，神保是飨。孝孙有庆，报以介福，万寿无疆！

除了酿酒飨神外，祭祖礼还需要准备牺牲。杀牛宰羊，或蒸或煮，献于祖先灵前。根据《礼记·郊特牲》的记载，祭祀上天的牺牲应未尝牝牡之情，洁净轻小，更忌用怀孕的母牛，而祭祀祖先的牺牲则不必以小为贵。在祭祖礼仪上，周人遵循事死如事生的原则，讲究祭祀品的数量庞大、美酒醇香、牺牲肥美，并且子孙应聚集一堂，以示孝意，共颂祖宗之恩，并祈求祖宗庇佑，代代流传。

> 执爨踏踏，为俎孔硕，或燔或炙。
>
> 君妇莫莫，为豆孔庶，为宾为客。
>
> 献酬交错，礼仪卒度，笑语卒获。
>
> 神保是格，报以介福，万寿攸酢！

在祭祖礼仪的过程中，子孙妇媳，宾客助祭，共济一堂，厨师用硕大的厨具烹饪，时而烧肉，时而烤炙，妇人们在堂上摆设礼器，招待来宾，等待宾客来临，宾主互相行礼，怀着愉快的心情完成礼仪，神灵也会在这和睦的氛围中与子孙同享幸福，赐福禄寿，家族永兴。

　　　　礼仪既备，钟鼓既戒。孝孙徂位，工祝致告：

　　　　神具醉止。皇尸载起，钟鼓送尸，神保聿归。

　　　　诸宰君妇，废彻不迟。诸父兄弟，备言燕私。

　　　　乐具入奏，以绥后禄。尔肴既将，莫怨具庆。

　　　　既醉既饱，小大稽首。神嗜饮食，使君寿考。

　　　　孔惠孔时，维其尽之。子子孙孙，勿替引之。

　　最后诗人描写的是礼仪结束后的场面。在钟鼓礼乐声中，代表祖先的神尸离位，赐福子孙，既而众人移除礼器，撤掉牺牲，准备开始一场亲友之间的飨宴。众人品尝着美酒佳肴，互相之间的感情更加深厚了，在神灵所祝福的宴席上，子孙定会受着绵延不尽的福气。

　　《楚茨》给我们描绘了周代祭祖礼仪的主要流程，从诗篇来看，大致有准备期—迎神期—飨神期—送神期—群宴期五个阶段。诗歌表现了祖神对后裔的爱护之心与后代对先祖的虔敬感恩之意，是一首歌颂人伦之美的诗歌。诗歌中记载的祭祖礼仪，也为我们了解上古家族祭祀礼，提供了鲜活的文学文本。

　　除家族祭祀外，《诗经》中还记载了以民族或国家为单位的集团式祭祖形式，尤以《周颂》为核心。它的整个编排顺序，体现了周代国家祭祀礼仪的重心，"周颂者，周室成功致太平德洽之诗。其作在周公摄政成王即位之初"。《周颂》以反映西周宗庙祭祀为主，同时也有反映郊天之祭、祈谷之祭，以及描写祭祀中乐舞的相关诗篇。《周颂》中数量庞大的祭祀诗反映了周代对于国家祭祀先君以求祈福的重视，体现了本时期礼仪的重心。

在《周颂》的宗庙颂歌当中，我们可以发现周代国家祭祖大典的基本模式：首先，参与祭祀的人员为国君及诸侯。《诗经·周颂·清庙》：

> 於穆清庙，肃雝显相。济济多士，秉文之德。
> 对越在天，骏奔走在庙。不显不承，无射于人斯。

在清庙中祭祖的时候，济济一堂的都是文韬武略之士，国君与诸侯率领会众进行祭拜，可以看出，国家祭祖典礼中，是没有妇人参与的。担任赞祭与助祭的人，都是身份显贵的诸侯，虽然仍为同宗同族，但毕竟血缘联系减弱了，所以国家祭祖礼中，和睦亲友的成分较之家庭祭祖礼是有所削弱了。

**周颂·清庙**
源：（宋）马和之《毛诗图卷》，北京故宫博物院藏]

其次，国家祭祖礼仪中有"告"的环节。《诗经·周颂·维天之命》：

> 维天之命，於穆不已。於乎不显，文王之德之纯。
> 假以溢我，我其收之。骏惠我文王，曾孙笃之。

**周颂·维天之命**

[来源：（宋）马和之《毛诗图卷》，辽宁省博物馆藏]

郑玄注曰："维天之命，大平告文王也。"意思是文王受命做天子以后不久就驾崩了，后来周公摄政，继文王之业，制礼作乐，以德政治理天下，故天下太平，这是周公摄政五年之后所作诗篇，以告慰文王。诗歌主要内容分为两个方面，一是赞美了文王在世之德，二是说明文王之德为后人所继承，并兢兢业业发扬下去。祭祀中的"告"，是国家大祭中一种特殊的语体形式。《礼记》中记载，在君王祭祀社稷、祖灵、山川、四野时均有"告"，说明这是君王在对自己所肩负的职责向祖灵及天地自然之灵进行陈述，带有汇报之意。但在家族祭祖礼及其他祭祀礼仪中不曾使用这一语体，表明"告"是专属君王的，带有等级权威属性的帝王专用文体。

再次，在国家为主体的祭祖礼仪中，常以乐舞形式娱神、飨神。在上古时代，乐舞是贵族及其子弟必须掌握的一项技能。《礼记·文王世子》："凡学，世子及学士，必时。春夏学干戈，秋冬学羽龠，皆于东序。"这里提到的干戈与羽龠，均为当时乐舞的名称。根据郑玄的注释：干，盾也；戈，戟也。干戈是一种双手各持武器模仿战争中武士姿态的武舞，春夏是阳气发生之时，宜动不宜静，所以适合学干戈这样以动为主的舞蹈。羽龠，象文也。《诗经》里有这样的诗句："左手执龠，右手秉翟。"说明这种舞蹈一手执龠，龠是一种像笛子一样的乐器，有三孔或六孔，另一手执着用雉鸡的羽毛做成的道具，翩翩起舞。《新唐书》对羽龠之舞还有更为详细的说明：这种舞蹈一般为十六人，分四人一行，执羽龠而起舞。与武舞不同的是，羽龠之舞主静，多在阴气生发，可于宜静不宜动的秋冬季节演习，代表君王以文造化天下，悠扬的乐声、缤纷的舞羽，彰显着君王的德行。武舞与羽舞分别以文治武功，审美化地表达了自然界与人类社会的阴阳交替、动静有节、循环往复、生生不息的永恒规律。以乐舞娱神，是以仪仗的方式表达着对建立稳定和谐的宇宙秩序和人伦关系的祈望，是一种动作化、行为化的符号表达。

因此，作为愿望诉求对象的祖先神灵，也进入到至高无上的境遇之中。他们不仅是民族的保护神，还是天地之间运行规律的建立者与掌握者，先君在周代公祭当中的地位已经上升到绝对权威的地步，成为周人心目之中王权、民族、国家乃至天下的维系者与守望者。

## （三）周代立尸制度

无论是家族祭祖礼，还是国家祭祖礼都呈现出一个共同的特征，即祭祀过程中引入"尸"的参与，形成周代祭祀礼仪的特殊现象。尸，指代死者，即受祭之人。男者，以孙辈为尸；女者，以异姓孙辈之妇为尸。在祭祀过程中，尸扮演祖先的替身，虽年幼但位高，在祭祖礼仪中享有最为尊贵的礼遇，需要慎重庄严地"迎来送往"。《诗经·小雅·楚茨》中就记载过"送尸"仪式："皇尸载起，钟鼓送尸，神保聿归。"描写了尸代表祖先享受完酒饭之后，在钟鼓声中退场的场面。《诗经·小雅·信南山》中也有"曾孙之穑，以为酒食。畀我尸宾，寿考万年"，即孙辈辛苦劳作种植庄稼，收获后用以酿酒，为祭祖礼中的尸及众宾客献上佳酿。那么，在祭祖礼仪当中频频扮演重要角色的尸，究竟是何时进入礼仪中，又是如何参与，并带给祭祖礼仪什么新的特征呢？

祭祀立尸，相传始于夏，行于商，至周代则立为制度，对此《礼记·礼器》有所记载："周坐尸。诏侑武方，其礼亦然，其道一也。夏立尸而卒祭，殷坐尸，周旅酬六尸。"夏代祭祀有尸，孔颖达注疏曰："夏祭乃有尸，……若不饮食时，则尸倚立以至祭竟也。"《礼器》中虽有言及，但毕竟是成书于战国年间的文献，不能作为定论。况且夏人将祭天礼置于祭祖礼之上，认祖归宗的意识不强，祭天以最朴素的形式进行，祭祖礼就不太可能单独设计一套以"尸"为中心的复杂礼仪环节，这也不符合夏人尚忠的审美心理。

商代祭祖礼中是否立尸，是一个有争议的话题。有学者认为西周以前均无立尸，也有学者认为甲骨文中有少数几则提及"尸"，可能是最早的立尸实证，如：

> 癸巳卜，大贞；王宾𠂤，岁，亡尤。
> 甲午卜，大贞；王宾阳甲，岁，亡尤。（《天》28）

然而，"尸"在甲骨卜辞当中，本身具有多义性，它多数时候表示方位的"夷方"，如：

> 庚寅卜，宾贞：今者王勿步，伐尸。（《乙》7818）
> 癸酉卜，黄贞：王旬亡祸，王来征尸方。
> 癸未卜，黄贞：王旬亡祸，王来征尸方。

癸巳卜，黄贞：王旬亡祸，王来征尸方。

癸卯卜，黄贞：王旬亡祸，王来征尸方。（《甲》3355）

代表神灵之相的"尸"字，在甲骨卜辞中写作"𣎃"，如端坐的人形。卜辞虽然有尸，但字义不稳定，指代不清晰，无法判断尸是否仅代表祖灵，或可泛指自然神灵，因此立尸制度在商代并未成熟。西周礼制体系中，不仅将祭祖礼地位升至最高，同时也明确祭祖必然立尸，并说明立尸意义，确定立尸的原则。后世礼典纷纷录入，所言一致。因此，将立尸视为西周祭祖礼的典型特征，并无不妥。"周代社会中的立尸像神现象就显得格外突出。立尸礼对周代宗教生活的影响普遍而又深刻，成为周代祭祀所特有的标志。"①

尸设立的内在动因，在于"主意"。郑玄在《仪礼·士虞礼》中解释得很清楚："尸，主也。孝子之祭，不见亲之形象，心无所系，立尸而主意焉。"又《白虎通义》曰："祭所以有尸者何？鬼神听之无声，视之无形，升自阼阶，仰视榱桷，俯视几筵，其器存，其人亡，虚无寂寞，思慕哀伤，无可写泄，故座尸而食之。毁损其馔，欣然若亲之饱，尸醉若神之醉矣。"祖先已逝，处于时空之外，无形无象，成为观念之物。尸则是祖灵的替身，

---

① 胡新生：《周代祭祀中的立尸礼及其宗教意义》，《世界宗教研究》1990年第4期。

使之重新返回时空之中，《礼记·郊特牲》："尸，神象也。"后人因见尸而追忆先祖，使本来虚无缥缈的观念之物成为可见可感的实体，这样祭祀行为就有了具体的投射对象，这符合原始族群以具体事物作为内容的思考习惯：尸，首先是原始宗教人偶崇拜传统的延续。原始宗教内部充满"拜物"习俗。原始族群祭祀时必须寻找实体形式的崇拜对象，以祖灵崇拜为例，自旧石器时代开始，世界范围内便有人形塑像发现，中国境内自新石器时期以来出土的人像、人偶也很丰富，从制作目的上看，它们应被视为祖灵附着的灵物，接受供奉，赐予祝福。"历史上出现的这些'祖先灵'的灵物，尽管其中一些出土于墓葬，但其本质属性应是以其教养灵力为小群体供奉献祭以求保护本群体繁盛的人间设施性中介灵物，或供于特定的神位，或佩戴在小群体成员身上，或可能作为随葬物，成为小群体最亲近、最可靠的保护神或护身符。"①

　　周代祭祖礼中，对于尸的选立，需遵守两大原则：一为同姓，二为同昭穆。同姓，即尸的候选人必须与祖先同出一族。"扮演者与所祭祖先必须同姓同族，这是立尸方面最基本的规定。原始宗教观念中有一种对生命统一性的坚定信仰，即认为生命在时间上具有'永不间断的连续性，上一阶段的生命被新生生命所

---

① 于锦绣、于静：《灵物与灵物崇拜新说》，北京：宗教文化出版社，2006年，第116页。

保存，祖先的灵魂返老还童似的又显现在新生婴儿身上'。"① 所谓昭穆，即宗法制度对宗庙或基地的排列规则和次序。同昭穆，即尸的排列辈分，需要与祖先同昭或者同穆。因此，尸一般从祖先的孙辈中选出。《礼记·曾子问》："孔子曰：'祭成，丧者必有尸，尸必以孙，孙幼，则使人抱之。'"即使在祭祀远祖如文王、武王时，因时间久远，孙辈无处找寻，也必须挑选与之同昭或同穆的人充当"尸"。《诗经》《公羊传》中常有以卿为天子尸的"公尸"情况出现，如《诗经·大雅·凫鹥》：

> 凫鹥在泾，公尸来燕来宁。尔酒既清，尔肴既馨。
> 公尸燕饮，福禄来成。
>
> 凫鹥在沙，公尸来燕来宜。尔酒既多，尔肴既嘉。
> 公尸燕饮，福禄来为。
>
> 凫鹥在渚，公尸来燕来处。尔酒既湑，尔肴伊脯。
> 公尸燕饮，福禄来下。
>
> 凫鹥在潨，公尸来燕来宗，既燕于宗，福禄攸降。
> 公尸燕饮，福禄来崇。
>
> 凫鹥在亹，公尸来止熏熏。旨酒欣欣，燔炙芬芬。
> 公尸燕饮，无有后艰。

---

① 胡新生：《周代祭祀中的立尸礼及其宗教意义》，《世界宗教研究》1990年第4期。

《诗经》中提到的公尸，在祭祀礼仪中享有极高的待遇，反映出其身份与地位的高贵，"这些充任'公尸'的卿大夫，在昭穆序列上与其代表的祖先也是相同的"①。同姓与同昭穆原则确保尸作为祖灵的替身具备充分的合理性，使逝去的祖灵与活体肉身之间存在合逻辑的联系，二者通过身份置换，获得内涵与外延上的等同，尸的扮演者脱离自身自然性而获得灵物属性。

立尸一方面沿袭原始巫仪灵物信仰，另一方面还发扬巫术灵力崇拜传统，并将之改造成为礼仪形式。上溯至商代，商人的基本祭祀模式为"祷告—求问"，即将所求之事问于神灵后，以观兆的方式获得答案。对于兆像的吉凶，祭祀前是无法判断与左右的，这反映出商人相信神灵处于相对公正客观的位置，不会因为求问者的个体需求而随意改变，也说明商代宗教已发展至较高程度，商人对所信之物自在自为的属性有了更深的认识。但在周人的信仰领域当中，由祖先后裔所扮演的尸，经过"筮尸、宿尸"，由族人演变为族神，充分担当起保护与应予的角色，他享受后裔的敬拜、供奉，同时也必须施以祝福。神尸与族人之间构成双向的、有保障的交流，这与其说是一种信仰，不如说是一种传统仪式，仪式的发出者与接纳者都受"同宗、同族、同血缘"的理性关系的保护，这种仪式在不断演习后内化于人心，使人相信通过

---

① 胡新生：《周代祭祀中的立尸礼及其宗教意义》，《世界宗教研究》1990年第 4 期。

祭祀神尸，所求所愿不会落空，必然实现。

用尸制度，是周代祭祖礼仪的最典型特征。它改变了传统祭祀的固定结构，呈现出一种新的礼仪模式。中国境内现今发现的原始宗教遗址中，对最高等级神灵的祭祀，一直保持着"神秘中心"形式，即祭祀时一切行动以突出、凸显神灵为主，表现神灵居中位置，体现其起源、运行、终结的能力。在祭祀文化中，这一思想以祭坛形式表现出来，祭坛作为地面上的凸起平台，象征天地之间的沟通渠道，是神灵上下赐福的神圣场所。自史前时期到国家形态，祭坛始终是祭祀发生的中心，其中有代表性的如下：

（1）红山文化牛河梁遗址群"祭坛"："在第二号冢以东2米处。坛体为正圆形，由石块砌出三重圆的石桩界，直径分别为22米、15.6米和11米，形成三层台基。每层台基由外向内，以0.3～0.5米的高差，层层高起。坛的内层顶面铺石，较为平缓，从而形成一个完整的圆形坛体。"①

（2）崧泽文化祭坛：浙江海盐仙坛庙遗址出土的长方形覆斗状土台，属于崧泽文化早期的土台。"南北长约10米，东西宽约6米，现存垂直高度约0.5米，由略含砂质的黄土堆筑而成。"崧泽文化晚期发现相连的土台有4个，"为南北向呈方形或是方形覆斗

---

① 郭大顺：《红山文化》，北京：文物出版社，2005年，第64页。

状，其中南部3个土台呈东西向排列为一组，彼此间距约10米"。①

（3）良渚文化祭坛：良渚文化时期各地广泛发现祭坛遗址，较典型的如浙江余杭瑶山祭坛、汇观山祭坛，上海青浦福泉山祭坛等。良渚文化祭坛源自崧泽文化遗存，多呈斗状，较为高大、规范、庄重，体现出浓郁的巫觋文化特征。

（4）二里头遗址中的一号宫殿：一号宫殿被认为是夏文化祭"社"之坛。社，后世文献中一般训为土神。一号宫殿中该祭坛是否单纯用以祭祀土地还不太清楚，但基本可以确定它是自然神灵的祭坛。一号宫殿形制"台基面大体平整，高出当时地面约0.8米，东、西、南三面的台基折棱处呈缓坡状，表面有路土层，有的铺上一层料礓石面"②。

从世界范围内看，自旧石器时期开始，澳大利亚阿美达人便开始将象征灵魂运行的"珠灵噶"放置于洞穴深处，并在洞穴顶部或墙面绘制图腾纹饰，这一洞穴被称为"图腾圣地"，而放置"珠灵噶"并大量绘制岩画的空间则为"圣地中心"。其他著名的洞穴如西班牙阿尔塔米拉洞穴，法国拉斯科洞穴、哥摩洞穴、莱斯·科巴里尔斯洞穴及尼奥洞穴等。上述洞穴的圣地中心均有共同特征：与世隔绝，至高神圣。"'黑厅'处于洞穴最深幽的洞底

---

① 吴汝祚、徐吉军：《良渚文化兴衰史》，北京：社会科学文献出版社，2009年，第68页。

② 苏湲：《华夏城邦：追踪夏商文化探索者的足迹》，北京：清华大学出版社，2007年，第110页。

位置，而岩画也最多且最集中，这里可谓黑暗万重，永无天日，即使带上油脂小灯，也将一无所见，故可看作图腾圣地中心的典型例证，也确是举行神秘仪式的最佳场所。"① 从旧石器时代的圣地中心，到新石器时代的祭坛，仪式中对空间的切割代表着将特定区域与普遍事物区分开来，显示神灵世界的异质性与绝对权威。整个仪式环绕该中心而生成，一切要素均指向中心，使宗教仪式呈现出"一极、向心"的结构模式。居于中心的神灵在内涵上拥有无限性，礼仪系统中的其他因素，即行礼人、观礼人等都被中心意义吸引，对礼仪对象的表现成为最重要的言说任务，而位于边缘的个别意义则被消解了。整个礼仪呈现出中心隆起、边缘开放的结构。

几乎所有神圣空间的中心都有祭坛、教堂、十字架、世界圣地、宝石、拟人化的宝藏等标志，中心本身在很大程度上决定着整个神话神圣空间与神话的结构，从而构成"神圣场"；在该神圣场的垂直切面中，标有一个最神圣的"空间点"，它是"世界轴心"的边际，这个边际绝对在上方，有时则是北极星。轴心本身是作为神圣中心的价值刻度而分布在垂直空间中的。

在这类礼仪文本空间中，由于中心的抬升，使得意义表达集中而不分散，这一结构因而是相对单向的，它内部充满统一性与

---

① 于锦绣、于静：《灵物与灵物崇拜新说》，北京：宗教文化出版社，2006年，第79～80页。

整体感。这一结构的终极诉求在于表达形上之物，体现单纯信仰，无论是在原始宗教时期，或者在人为宗教的完备状态下，这样的结构模式所体现的主题都是一致的，即以关注终极为第一义和最高义。

西周祭祖礼作为周代规格最高、最受重视的礼仪，开辟出一种新的礼仪结构。首先，礼仪呈现出中心与次中心的形态。从《礼记》记载西周祭祖的《特牲馈食礼》和《少牢馈食礼》这两篇来看，祭祖礼的大致程序为：

祭祀前：

筮尸—宿尸—拜尸（占卜决定尸的扮演者，并提前将其隔离，加以礼遇）。

祭祀中：

第一，迎宾—迎祝—迎尸（宾为观礼人，祝为助祭，最后迎尸）。

第二，尸升—拜尸—祭尸—告旨—飧尸—听嘏（尸升堂入坐后，主人先拜后祭，告知祈求内容，再以饭、酒慰尸，最后听取祝福）。

第三，主人献祝（主人对祝表示敬意感谢）。

第四，主妇、宾献尸、献祝（主人之妻及宾分别对尸、祝表示敬意）。

第五，主人、主妇依次致爵；主人献宾，宾答拜，宗妇献主人、主妇。

第六，祝告礼成—送尸—送宾—撤席—主人退。

从以上程序可见，尸占据礼仪中心地位是毋庸置疑的，尸的确立经历了占卜、宿尸等准备，祭祀过程中又围绕尸展开了迎尸、拜尸、飨尸、饮尸、送尸等活动，突出其尊贵地位，显示了祭祀的目的，但是，祭祖礼仪结构并不仅止于此。由于尸是由活人扮演，是祖先的替身，他不仅可以接纳崇敬，享受祭品，还能示意告饱，发出祝福，在祭祀主体（主人）与客体（对象）之间形成双向交流。"以活人扮神使人们得以按照自己的愿望在祭礼中加入'神祝福人'的仪节，从而使祭祀具有人享神和神赐人的双重意义。祭祀不再是单方面贿赂神灵和无条件地使神欢愉，它同时又是直接接受鬼神赐福的一种仪式。把看似空虚的祈求变成有着落的接受，把人对神的单向供奉变成人与神的双向互惠。"①这样，由于祭祀中双向关系的建立与交流的展开，不仅赐福的神尸成为礼仪中心，受福的主人同样也成为礼仪的目的之一。此外，在祭祀神尸告一段落之后，礼仪并没有宣布结束，而又在祝、主妇、宾客、兄弟等助祭群体中展开。上述群体虽非礼仪的第一中心，却是协助礼仪完成不可缺少的环节和祝福所涉及的对象之一。因此，围绕这一群体，礼仪开始了第二轮的献礼与答拜。在这一层面的仪式上，祝、主妇、宾客、兄弟等都在礼仪流

---

① 马海敏：《周饮酒礼透视出的社会意识形态》，《西北民族大学学报》（哲学社会科学版）2008 年第 4 期。

程中依次成为意向投射中心，成为礼仪结构中的多个次生中心。多中心的存在，分散了礼仪意义的单一性，使其在整体结构中又区分出多个意义单元。确实，敬拜赞祭人群的意义与祭祀神尸不同，它增添了团结亲友、条辨昭穆、礼尚往来等人伦意义，使礼仪的文本空间呈现出多个层次且富于张力。

西周祭祖礼仪文本空间内的多层次，具有精心设计的平行模式与重叠效果。祭祖礼可分两个群体：其一，祭礼行为的发出群体，即现实中有祭祀要求的人群，核心人物为"主人"，之下有主妇、宾、兄弟等；其二，祭礼的指向者，即处于彼岸世界的神灵群体，其代表为神尸，以及协助祭祀展开的助祭群体，如祝、赞者等。首先祭祀方向受祭方依次致礼（顺序如箭头指向）：主人⟷尸、主人⟷祝，在完成对受祭群体的依次致礼与还礼后，主人向本群体（祭祀方）内成员再依次致礼，分别为：主人⟷主妇、主人⟷宾、主人⟷兄弟等。至此，祭礼第一层次结束。第二层次则由祭祀方的第二位向受祭群体行礼，再向本群体各成员依次行礼。即主妇⟷尸、主妇⟷祝，主妇⟷主人、主妇⟷宗妇。第三层次则由宾客先向受祭方献礼，再向本群体献祭方致礼，仍按双方的主次地位（区分性别），依顺序而行。因此，整个礼仪环节内部主与从、亲与疏等关系绝不会有所错乱，是以次序的方式在整个文本内部显明各自的地位。在这个结构当中，中心的地位不会无限拔高，而边缘的意义也不会完全缩减，两者都处于一种牵制关系当中，没有明显的一极存在，从而在文本内部营造出意义的丰富和价值的多元。

西周祭祖礼所开辟的多元中心、多重意义的结构模式，对早期礼仪一元中心和单向价值而言是一种瓦解，这也说明周人将纯宗教礼仪改造，使之进入现实世俗维度，使中国的文化进程在本阶段转移了方向。

对西周祭祖礼的建立与发展情况加以分析，可加深理解周代文化的来龙去脉。周族由一支信仰祖灵的边缘小族发展而来，在进入国家形态后，并未完全抛弃自身文化中的原始因素，反而利用本族巫仪传统，发展壮大成为一套国家礼仪体系。在从小族巫仪向国家礼仪的转变过程中，周人将形式、结构和功能的关系发展到极致，将礼仪发展为丰富、新颖的表意体系，从而改写了整个社会面貌，呈现出"郁郁乎文"的蔚然态势，使礼成为中国文化的专有名词。

# 三、《楚辞》与楚地祭祀礼仪

《诗经》中的祭祀礼仪，多以祭天礼和祭祖礼为主，体现出以人伦关系为核心的信仰谱系，充满人间气息与现实色彩。而来自荆楚之地的《楚辞》，除了在传统文化中心的祭祀礼仪之外，还构建了新的祭祀体系和礼仪结构，展示了来自沼乡泽国、密林深丛以及江汉平原一带的神秘氛围及奇丽的幻境。

在《楚辞·九歌》解题中，王逸便这样解释道："《九歌》者，屈原之所作也。昔楚国南郢之邑，沅、湘之间，其俗信鬼而好祠。其祠，必作歌乐鼓舞以乐诸神。屈原放逐，窜伏其域，怀忧苦毒，愁思沸郁。出见俗人祭祀之礼，歌舞之乐，其词鄙陋。因为作《九歌》之曲，上陈事神之敬，下见己之冤结，托之以风谏。故其文意不同，章句杂错，而广异义焉。"这里很明确地说到，楚地信鬼神、好祭祀，《九歌》是屈原模仿楚地传统祭祀文体写成的。虽然屈原别有寄托，但通过诗歌中对祭祀礼仪对象、祭祀方式的铺陈借用，我们仍能看到与中原正统文化区域不同的信仰与礼仪模式。

## （一）《楚辞》中的祭祀体系

从祭祀对象来看，《九歌》共收录了十一篇，其中九篇有具体的祭祀对象。《东皇太一》祭祀天神，即统管诸星的至尊之神。王逸注曰："太一，星名，天之尊神。"在汉人的观念中，天神有具体形态，不再是一种无象无形的抽象所在，是众星之中最为尊贵、核心者。《史记·天官书》："中宫天极星，其一明者，太一常居也。"天极星，即北极星，古天文学家认为北斗七星绕北极星转动，北斗七星斗柄位置随四季变化而不同，但北极星位置恒定不变，被认为是天的中心，也是天神居住的地方。在古人的想象中，北斗七星如同一辆马车，而北极星则如同帝王一样驾驭其上，因此汉代的天文图中出现帝王御马车之像，即为表达北极星与北斗七星的关系（如下图所示）。

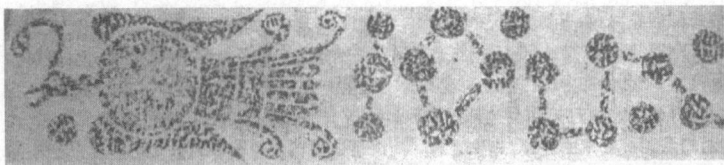

**河南南阳画像石之北斗七星**

（来源：杨絮飞《画像石艺术鉴赏》）

北极星为主星，北斗七星为臣星。北极星具有运筹天下、统领群星的能力。在《后汉书·天文志上》有"天地设位，星辰之象备矣"的记载，刘昭注引《星经》："璇玑者，谓北极星也。"《文心雕龙》中有"执璇玑以运大象"的说法，说明北极星虽独为一星，却是众星之首，不仅可以管辖整个天宇星辰的运转，还可以统治宇宙时节的变更，因此具有至高无上的地位。所以，对东皇太一的祭祀，事实上可以看作是对北极星的祭祀。《云中君》内所指，即祭祀云神，在《汉书·郊祀志》中已出现。《湘君》中的湘君，一般认为是舜死后所化之神，汉代王逸认为湘君指水神。《湘夫人》中的湘夫人，是舜之二妃，一为娥皇，一为女英。因追随舜，同没于湘水，因此常与湘君同受祭祀，均追认为水神。《大司命》《少司命》篇，根据《史记·天官书》："文昌六星，四曰司命。"《汉书·郊祀志》："荆巫有司命。说者曰：文昌，第四星也。五臣云：司命，星名。主知生死，辅天行化，诛恶护善也。"可见司命也为星名，对司命星的祭祀是荆楚之地的特殊风俗。《东君》篇，东君，日也，即为日神，因日出东方，故而为东君。《河伯》篇，河伯即为古之冯夷。根据《山海经》的记载，冯夷居住在深三百仞的深渊当中，形象为人面，御龙而行。《抱朴子》中记载，冯夷在八月上庚日渡河溺死，天帝封其魂灵为河伯。又有《博物志》中记载，夏禹治水时观河，见河中有人面鱼身者出，自称河精。《清冷传》写道，冯夷是华阴潼乡堤首人，因修道，服八石，封为水中之仙，又称河伯。有关河伯的具体生平或多杜撰，但河伯为河水、深渊之神则是可信的。河伯的形象人面兽身，或为后来神话中龙王造型的前身。《山鬼》篇所讲，是对山中鬼神精灵的祭祀。荆楚多山，楚人相信山中有魑魅魍魉，故特为祭祀，为楚地祭祀的特有风俗。《九歌》余下两篇《国殇》《礼魂》为泛祭众鬼，从专祭到泛祭，标志着对天地之间各种鬼神、魂灵祭祀的终结，以群祭万灵告终。从《九歌》的祭祀体系来看，虽然屈原所借用的祭祀类型多可与自身遭境联系起来，如以祭祀东皇太一以求公正，以祭祀湘君、湘夫人表示自身死节之心，以祭祀河伯表示蹈死之志等，但从《九歌》中的祭祀对象可以看出，楚地祭祀重心为自然灵物，即天、地、河、潭、山川、星辰等。楚人对自身所处的神秘外界充满了浓厚的敬畏之心，认为万物有灵有情，他们与中原地区以祭祀祖先为核心的周人及其后裔相比，更多关注自身与自然的关系，关注人的灵魂如何与天地万物之魂灵交流从而享受不朽，不太注重在人伦秩序中寻找自身安身立命的法则。因此，楚地祭祀礼俗带有更自然、原始、活泼的色彩与生机勃勃的生命力。

东皇太一

（来源：百度图片）

湘君

（来源：百度图片）

## （二）《离骚》的巫仪结构

《楚辞》是以楚地贵族文人屈原为创作主体，多抒发自身郁郁不得志的胸臆，来表达忠君、报国、死节情怀的抒情诗篇。除此以外，在《楚辞》的抒情内涵之下，还隐藏着楚地特有的歌舞娱神形式与神巫传统，因此有必要将《楚辞》背后的文化深层结构挖掘出来。

首先，从屈原的身份说起。《离骚》王逸序："屈原与楚同姓，仕于怀王，为三闾大夫。三闾之职，掌王族三姓，曰昭、屈、景。"除此以外，《史记·屈原列传》："屈原者，名平，楚之同姓也。为楚怀王左徒。博闻强志，明于治乱，娴于辞令。入则与王图议国事，以出号令；出则接遇宾客，应对诸侯。王甚任之。"两则材料说明，屈原应该做过两个官，一为三闾大夫，一为左徒。左徒的具体职务，根据张守节《史记正义》所说"盖今左右拾遗之类"，据此，此官可能是君王身边的谏官，再结合屈原的生平，他因为进谏受小人诽谤，进而为君王所疏，故而此推测应能成立。三闾大夫应该是屈原被放逐之前所担任的最后官职。《楚辞·渔父》："屈原既放，游于江潭，行吟泽畔，颜色憔悴，形容枯槁。渔父见而问之曰：'子非三闾大夫与？何故至于斯？'"当时人称屈原为三闾大夫而非左徒，这是屈原为世人所广知的官职，或许也是他从事时间最长的官职。那么，三闾大夫究

竟所侍何事？闾，是里巷的意思，又指战国时期贵族各自管辖的
范围。三闾，则指战国时楚国最有名望的三大贵族姓氏：昭、
屈、景，属王族三姓，与君王有亲缘关系。三闾大夫主要掌管宗
庙祭祀与三姓贵族子弟的教养之事。因此，屈原自然熟悉楚国的
文献典籍与祭祀礼俗，在《离骚》中能明显看出屈原对于楚地特
有神灵谱系的了解与对祭祀中巫仪形式的借鉴。

**屈原游于江潭**

［来源：（明）陈洪绶《屈子行吟图》］

　　《离骚》的整体结构基本可以分为三部分：①现实遭境；②荒野漫游，仙人导引；③天界神游。

　　在第一部分，屈原将自己一生的经历铺陈展开：他原本出身于高贵的氏族，有显赫的父辈，出生在良辰吉时，被赋予象征美好正直的名号。随着年岁增长，他不仅具备了良好的内在品质，也拥有了当时贵族所应该具备的各项能力，为人清淡高洁，恐韶华逝去，立志报国，一展才能，以助国君。但是君王身边的环境并不单纯，常有小人混杂其中，君王不察贤奸，君臣之间隔阂日增，屈原壮志未酬，报国无门，深感郁闷不得志。同时，他本希望所栽培扶持的学生能与自己一样清廉正直，但学生成才之后，纷纷倒戈，离自己而去，辜负了自己当初的期望，使自己更加走向绝境。现实容不下自己的理想与人格，他断然选择遗世独立，自我放逐。这部分是屈原在现实生活中遭遇的写照，是接近诗人实际生活经历的，可以认为，这一部分是诗人的自传。

　　从第二部分开始，诗人逐渐从人间社会中心向边缘过渡，同时他的身份也悄悄发生了变化。他来到了旷野沼泽之中，此处丛林纵生，水汽迷离，"回朕车以复路兮，及行迷之未远。步余马于兰皋兮，驰椒丘且焉止息"。在这片人迹罕至的地方，诗人似乎迷失了方向，同时他发现这里离君王、政治与权力中心都很远，他可以重拾初心，回归本性。因此，诗人开始重新修整了服饰——"进不入以离尤兮，退将复修吾初服。制芰荷以为衣兮，集芙蓉以为裳"。芰，指菱角，水生植物，叶浮水上，开黄白色

小花。芙蓉,即荷花。《本草》记载:"其叶名荷,其华未发为菡
萏,已发为芙蓉。"水生植物是不适宜用于制衣的,屈原的本意
并非指将芰荷与芙蓉做成衣裳,而是采其二者均生长于清水之
中,性质高洁的象征意义,意思是更换了洁净的衣服,这衣服取
法自然,远离世俗,是与普通人的衣着有所不同的。除此之外,
屈原的配饰也有所改变——"高余冠之岌岌兮,长余佩之陆离"。
屈原从这个阶段开始喜欢戴高冠、佩剑饰。在《九歌》中也有记
录:"带长铗之陆离兮,冠切云之崔嵬。"冠饰与配饰,本是古代
贵族成年男子通常的打扮,但屈原所着之物却有所不同。《仪礼
·士冠礼》中记载,古代男子二十岁加冠,代表成年。冠的形制
一般有两种,行冠礼时所加之冠为缁布冠,这也是庶人所佩戴的
冠,士大夫及以上阶层在冠礼之后一般佩戴玄冠。缁布冠,是黑
布所制的冠,"不用笄,有缺项,缺项四隅有带,缀于冠武"。从
这段解释来看,这是一种比较简单的冠,主要用于将束起的头发
包裹起来,并在下颚处用系带系紧。玄冠,是士大夫常用的一种
冠,通常由黑丝制成,亦称委貌冠,因戴冠之后需安正容貌,相
传是周人所采纳的样式。玄冠在《新定三礼图》中有记录,从图
中看,这类冠有笄,有沿,比缁布冠稍微复杂,可以在冠沿部分
进行装饰。

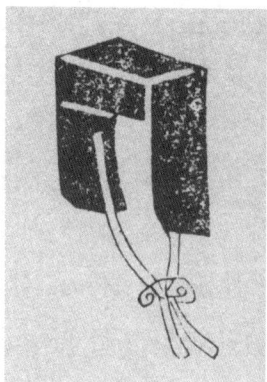

**缁布冠**

［来源：（宋）聂宗义

《新定三礼图》］

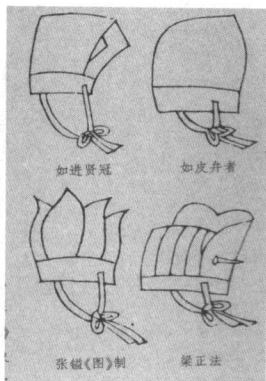

**委貌冠（玄冠）**

［来源：（宋）聂宗义

《新定三礼图》］

可见，这两种常见的冠形都以束紧头发为主要功能，并不像屈原在《楚辞》中描述的那样，是一种高耸入云的冠形。那么，屈原自述自己所戴之冠，仅仅是一种文学上的夸张吗？结合现今的出土文物，他所讲的这种冠并非子虚乌有，而是在特殊的场合中所采用的一种专门的冠形，名为羽冠。

羽冠，本指自然界鸟类头部耸立的毛羽束，如孔雀、鹦鹉等均有此特征。上古时期，人们借鉴鸟类羽冠造型对头冠进行装饰，有将羽毛置于冠上作为冠饰的，也有将冠做成飞羽形状的，这类冠形也被称为羽冠。无论是以羽毛为装饰，还是冠形类似飞鸟羽翼的样式，均有一个共同特征即冠形高耸。但是羽冠并不是一般人能佩戴的，在上古社会，只有巫师进行巫仪活动时才佩戴羽冠，以显示与凡夫俗子不同的身份。除头戴羽冠外，屈原在荒野中的其他配饰也与俗人不同。根据《礼记》的记载，君子须佩玉，玉须臾不可离身。君子以玉比德，是中国儒家文化的传统，但屈原此时所佩的不是玉而是剑——"长余佩之陆离"，它与《九歌》中"带长铗之陆离兮"同义，即佩戴着长长的铜剑。一般来讲，剑之类的兵器，不作为儒生的随身之物，但在巫仪活动中，巫师常佩戴宝剑，有辟邪的作用，所以屈原所更换的冠及其他配饰渐渐远离了作为士大夫的衣着标准，而向巫师靠近。结合屈原本身的职务——三闾大夫来看，他熟悉祭祀礼仪，加之楚地巫风盛行，宗庙祭祀中也常常含有当地的巫仪传统。所以屈原在进入荒野的时候，他的身份也在悄然发生变化，从拥有政治理想、从政志向的儒家士大夫，向精通通天之术、鬼神之道的神巫转变。他身份的转变也带来了视域的转变，从人间转向天国，从现实之境转向亦真亦幻的精神之境。

巫师这一职分，在上古社会中地位很高，常由知识渊博、品格出众的人担任。《国语·楚语》中观射父答楚王问："古者民神不杂，民之精爽不携贰者，而又能齐肃衷正，其智能上下比义，其圣能光远宣朗，其明能光照之，其聪能听彻之，如是则明神降之，在男曰觋，在女曰巫。"《周礼·春官宗伯·男巫》曰："男巫掌望祀、望衍授号，旁招以茅。"望衍授号，意思是衍祭，即祭祀有名号的神灵，如祖灵；旁招以茅，是望祭，即祭祀四方并无名号之鬼神。屈原任三闾大夫时，所从事的主要工作之一为宗庙祭祀，与衍祭类似；进入荒野之后，他呼唤太阳、风雨、河伯等天地自然四方之神，似为望祭，从他一生祭祀活动的走向来看，他事实上已担任了男巫的全部职责。在被逐之后，他基本的行为模式体现出一种巫仪化的内在结构，巫仪的展开与他情感的起伏交融在一起，并共同迈向高潮。因此，我们可以认为，对巫仪有意识或无意识的演绎，是支撑屈原情感发展的内在动力。

"忽反顾以游目兮，将往观乎四荒。"自此，屈原告别世俗社会，进入到鬼神混杂的大荒之中。在古人的理解中，四荒之地是远离政治中心、混沌未开化的地方，是传说中神灵国度的开始。《尔雅·释地》："觚竹、北户、西王母、日下，谓之四荒。"礼失而求诸野，屈原在楚国无法实现自己的抱负，只能在荒野求觅知音，一抒心声。因此，他开始进入内心独白阶段，陈其中情——"民生各有所乐兮，余独好修以为常。虽体解吾犹未变兮，岂余心之可惩"。在这个时期，屈原还进行了想象的争辩：首先，是与女媭的争论。女媭认为屈原为人无须太过正直，对理想无须太过坚持："女媭之婵媛兮，申申其詈予，曰：'鲧婞直以亡身兮，终然夭乎羽之野。汝何博謇而好修兮，纷独有此姱节？薋菉葹以盈室兮，判独离而不服。'"屈原对这种劝告进行了驳斥："众不可户说兮，孰云察余之中情？"女媭又劝："世并举而好朋兮，夫何茕独而不予听？"屈原再次剖明心志："依前圣以节中兮，喟凭心而历兹。"在这场想象的争论中，屈原与亲人女媭进行了反复的论辩，各有自身的立场与理由。女媭希望屈原服从大流，明哲保身，但屈原坚持卓尔不群，清白死直。事实上，屈原在荒野之中不可能遇见自己的亲人，他是臆想出一个争辩对象将自己的心志陈述得更加清楚。经学者考证，女媭并不是人间女子，而是从人间到仙境的一位导引者。女媭，极有可能是古代媭女星，媭女星掌纺织、女工之事，并担任接引魂灵进入天庭的职责，因此她出现在屈原的幻想当中，作为指引他脱离现实迈入仙境的导引者。正因为女媭来往于人间与天上，因此她熟悉现实与理想的双重原则，才能从世俗的角度劝告屈原随大流进退。正因为女媭并非屈原现实中的亲人，而是神话中天国的导引者，所以诗人不可能与之产生事实上的对话，这一场争论正是《离骚》浪漫主义精神的开始，它象征着诗人准备摆脱现实的羁绊，进入到更为自由与解放的时空之中。

与女媭的论辩结束之后，屈原进入到一个新的自明心志的阶段——重华前陈词。重华是上古五帝之一舜的名字，逝于苍梧之野，葬于江南九嶷山（今湖南永州）。舜死后被列为祭祀的对象，位居天神之首，在女媭之上。可见，屈原由女媭引导，现已上升至天庭，在天帝面前为自己陈情。他列举了夏、商、周朝倾覆的原因，再次表达自己初心不悔——"夫孰非义而可用兮？孰非善而可服？阽余身而危死兮，览余初其犹未悔"。同时申明了自己在现实中所遭受的不白之冤，传递出个人理想覆灭的彻心之恸："曾歔欷余郁邑兮，哀朕时之不当。揽茹蕙以掩涕兮，沾余襟之浪浪。"至此，屈原的情感自由地表达，他以舜帝、女媭为自己的倾诉对象："跪敷衽以陈辞兮，耿吾既得此中正。"

在《离骚》的荒野漫游部分，屈原处于天人交接之际，既流连于人类社会的边缘，又徘徊于天上仙境的入口。联系他的所言所行，可以将这一部分与屈原逐渐转换到神巫角色的过程联系起来。分析巫师施行法术的步骤，大致可分为三部分：第一部分为现实世界；第二部分是由真转幻的过渡世界；第三部分是灵魂出窍幻游部分。在现实世界中，巫师会详细询问所求何人、何事，寻找合适的时间、地点、道具等开始准备做法事。到过渡世界，巫师则从自我肉身形体束缚中逐渐抽离出来，他开始做出进入灵界的努力，同时将扮演多种角色，展开一系列对话。在这个过程当中，尤其重要的是，巫师的精神状态从之前的清醒、冷静转变为迷狂、呓语。他时而表现出焦灼不安，时而又痛哭流涕，代表着灵魂在彼岸世界的不安与诉求。从巫术的角度来看《离骚》，屈原在旷野中漫游的部分，其精神气质的转变与巫师从现实转向幻境的过程和状态是高度吻合的。他从之前自身的职分——楚国贤大夫的要求中挣脱出来，说现实不敢说之言辞，抒胸中不可发之郁气，因为人类社会中所不存在的公正、不可能获得的理解，在神灵国度中是拥有申诉与被理解、被支持的机会的。屈原希望以灵魂的姿态上升到那个更为美好光明的国度中去，他可以不再遵守人与人之间墨守成规的法则与律令，可以自由地说出自己的心声。我们也看到，屈原逐渐进入幻想与迷狂的境界，随着精神解放而来的，是其行为能力的极大提升，因此，接下来屈原开始进入到一个新的阶段——天界神游。

"驷玉虬以乘鹥兮，溘埃风余上征。"从此，屈原开始了《离骚》当中最浪漫、最自由的神游，他摆脱了世俗社会对他的偏见与束缚，获得了乘龙御风、号令群神的超自然能力。我们看到，他此时可以日行千里——"朝发轫于苍梧兮，夕余至乎县圃"。苍梧，山名，相传是舜帝的葬身之地。屈原在舜帝面前陈词之后，便以此为起点，开始了神游。苍梧所在何处？《礼记》郑玄注云："舜征有苗而死，因葬焉。苍梧于周，南越之地，今为郡。"屈原是在荆楚之间的荒野漫游，进而觐见舜帝之精魂的，因此可推苍梧地处南部。到傍晚时分，他已行至县圃，县圃也是神山，在昆仑之上。《淮南子》记载："昆仑县圃，维绝，乃通天。"昆仑地处西极，《山海经》记载昆仑山是海内最高的山，是天帝在人间建立的都城，是进入天国之门径。县圃山，是昆仑群峰之巅，《淮南子》记载："昆仑之丘，或上倍之，是谓凉风之山，登之而不死；或上倍之，是为悬圃，登之乃灵，能使风雨；或上倍之，乃维上天，登之乃神，是为太帝之居。"这里的悬圃山，就是县圃山，登上此山，则能呼应神灵，号令风雨。县圃之山再往上，就是神灵所居的处所，所以此山是人间最接近天神的地方。屈原朝发苍梧，夕至县圃，从南往西，行程遥远，一天即至，可见此时他已脱胎换骨，获得了凡人不可能拥有的神力。除朝发夕至、日行千里以外，屈原还以日、月、星辰为友，他在咸池边饮马，系车于扶桑树，以明月为先导，御风伯而驰骋。在他神游的时候，各样的祥瑞都环绕在他身边，有灵鸟鸾皇为先导，雷师为辅佐。《离骚》看似艺术化的描写后面，是以古代巫术中巫师的脱胎换骨、获得法力的巫术仪式结构为支撑的。巫师做法时努力挣脱现实，表现出痛苦挣扎的神情。当巫师成功实现脱身，进入天界之后，他的感官能力获得极大提升，能见过去将来、天上地下之事。此时，巫师可以呼风唤雨，从自然灵物中获得能量，从而御风、御云、御雨，成为超凡脱俗、亦人亦神之身。如果有邪恶力量入侵，巫师还会聚合各种能力，制服邪灵，实现做法的成功。从《离骚》的最后一部分来看，屈原正是在天界战胜了在人间所不能战胜的邪恶力量，而这一胜利更可以看作是他以巫师身份获得神力后取得的。当屈原漫行天际之时，遇到云霓来袭——"帅云霓而来御"，云霓，是恶气的意思，预示着小人的到来，也暗示诗人在天上即将遭遇与邪恶力量的斗争。面对这样的状况，屈原上穷碧落下黄泉，上天召令雷师，乘云周行，下水访求宓妃，相传宓妃为伏羲氏女，溺洛水而死，为河神，不仅如此，他还"览相观于四极兮，周流乎天余乃下"。终觅得有娀氏之佚女，为其倾心，《离骚》以佚女比喻贤臣，欲与诗人一道共事天君。诗人使媒人鸩说合，但鸩却诬陷他品质不好。在屈原倍感委屈彷徨之际，请来灵巫为自己占卜前途。灵巫占出吉兆，认为屈原求贤无须再借助媒人——"苟中情其好修兮，又何必用夫行媒？"因为他内心中正清洁，精感神明，自明于天下，因此屈原便放胆前行，重新驾驭鸾车，朝发轫于东方天津，夕至西极，过不周山，"指西海以为期"。他的精神不再受到压制，才华也不再招人嫉恨，在这次神游中，他获得了前所未有的自由与解放："抑志而弭节兮，神高驰之邈邈。奏《九歌》而舞《韶》兮，聊假日以偷乐。"在纵情驰骋的过程中，途经故土，马悲而不行，诗人又重新回到让他魂牵梦绕的故乡，回到让他倍感折磨的现实中，因而神游终端，重返现世，由天上再回人间，完成《离骚》全篇。

从《离骚》的神游结构来看，明显体现出巫师进行巫术活动的四个环节：一是现实部分，以客观真实事件为行为背景，反映当下迫切的、急待解决的诉求；二是由真入幻部分，是巫师开始脱离肉身，努力进入天界的过程，表现出灵魂飞升的痛苦及随之而来的自由，巫师从自我身份中置换出来，获得天界身份；三是天界部分，巫师在天界利用神力战胜邪灵；四是回到现实部分，巫师从天界重返现实，带来启迪或忠告等。以上四个部分，完整地体现在《离骚》的全篇结构中，所以，它既是一首伟大的抒情诗，表现屈原灵魂的纯洁中正与性格的刚直不阿，也是一首内心独白诗，体现了屈原在人生的各个阶段所走过的心路历程，同时，它还是一首巫仪诗，反映深受巫文化熏陶的诗人如何在自身文化背景的影响下，借着巫术仪式构筑起以正胜邪、灵魂解放、个性自由的斗争颂歌。所以，《离骚》反映出的不仅有政治抒情意味和情感抒情力度，还携带着楚地所独有的神巫文化气氛，在亦真亦幻的仪式祝祷中展开了一幅文学的绚烂画卷。

## （三）《大招》《招魂》与招魂仪式

《楚辞》中有《大招》《招魂》两篇，相传为屈原弟子宋玉所作，作者真实情况已不可考证，但这两篇反映了上古时期普遍存在的特殊仪式——招魂。这种仪式反映了中国早期的灵魂观念，同时还绵延到后世，对临终礼与丧葬礼产生了深远的影响。

《礼记·曲礼》中记载了古代天子去世之后的一项特殊礼仪："崩，曰'天王崩'。复，曰'天子复矣。'"郑玄在注释中解释道："始死时呼魄辞也。不呼名，臣不名君也，诸侯呼字。"可见古人在人之将死或刚亡的时候有呼唤魂魄的习俗，"复"事实上是"招魂复魄"的简称。对其具体的做法，唐人孔颖达继续解释道："夫精气为魂，身形为魄。人若命至终毕，必是精气离形，而臣子罔极之至，犹望应生，故使人升屋，北面招呼死者之魂，令还复身中，故曰复也。"《礼记》中还规定了对不同身份的人招魂复魄的要求：如招天子之魂，则由臣子登高望北，呼"天子复"，不可呼天子的名号，一是因为臣子不能以姓名称呼天子，二是因为普天之下，天子仅有一人，只需称呼天子即可指代明确。除天子以外，则男子呼名，妇人呼字。灵魂听到名字，则返回躯体。可见，"复"是针对濒死之人的挽救性行为，是将人的飘荡之魂呼唤回复到躯体中来的仪式，是古人对于起死回生的盼望。同时，"复"还体现出上古之人"身体—灵魂一体性"的观念。在确定肉身死亡之后，灵魂不应自由飘散，而应回复肉身，一起经历埋葬、升天的重生过程。肉身不仅是灵魂在尘世的暂时居所，也是灵魂进入死后世界的永久栖息地。在中国人的观念中，魂与魄、形与神等概念一直是相辅相生的。灵肉不分的观念是中国古人贵生重死、事死如事生的重要思想背景。在后来的一些民俗中，我们可以看到，比如父母为生病哭闹的小孩喊魂，子孙为即将离世的长辈喊魂，这是希望灵魂能更安妥或更长久地留存在肉身之中，以延长现世的生命，实现肉体的康健与长寿。

《楚辞》中的《招魂》《大招》两篇，为我们提供了一幅生动的上古时期招魂复魄的画卷，弥补了《礼记》中招魂过程过于简要的缺陷。在"二招"（《招魂》与《大招》）当中，诗人以楚地招魂巫仪特有的形式为支撑，招屈原之魂灵，主要可分为以下几个步骤。

首先，诗人扮演巫师，先卜后招，寻觅魂灵。结合《礼记》的记载，臣子为天子招魂，是登高而招，楚地招魂礼俗，或也是登上高处，向四面呼求。正因登上高处，故而能看见四方。巫师呼唤飘荡的魂灵，莫往东来西北去。在"二招"当中，都使用了一个固定的句式："魂兮归来"，以此为开首语，召唤魂灵。可以想见，在遥远的战国时代，在楚国的荆棘沼地之间，面对回天乏术的现实遭境，这一声"魂兮归来"代表了已逝或将逝之人的亲朋挚友何等真诚地渴望其重返人间的强烈心愿。《楚辞》中的这一句式，或许就来自当时真实的招魂礼仪，被写进诗歌当中后，具有了强烈的抒情意味，同时也为后世的葬礼招魂所使用。直至今日，我们仍能见到在传统的葬礼上，会请来巫师吟诵："魂兮归来，西天好去。"代表着亲人对逝者无限追忆留恋之情，也代表着生者对死者独行灵境无限牵挂和祝祷之意。在《楚辞》中，以"魂兮归来"为起首语，接着巫师开始引导灵魂。因灵魂独自前行，孤独寂寞，方向不明，巫师需要引导灵魂行走正确的路径。他警示灵魂，东方之地不可去，因那里有"长人千仞，惟魂是索些。十日代出，流金铄石些"，东方是日出之地，炽热难耐；南方之地不可留，因那里"雕题黑齿，得人肉以祀，以其骨为醢些。蝮蛇蓁蓁，封狐千里些。雄虺九首，往来倏忽，吞人以益其心些"，南方有猛兽专以噬人，是凶恶残暴之地；西方之地不可往，那里有"流沙千里些。旋入雷渊，……赤蚁若象，玄蜂若壶些。五谷不生，丛菅是食些。其土烂人，求水无所得些"，在西方连最小的蚍蜉也如巨象一般硕大，飞蚁腹大如壶，专门毒人，此地积毁销骨，草木不生；北方之地不可行，那里有"增冰峨峨，飞雪千里些"，是积雪寒冰之地。因此，在告知灵魂不可前往充满危险的东、南、西、北后，巫师为其指出正确的方向，即故乡的所在，指引灵魂返乡。

当巫师向灵魂指出故乡所在的方向后，还需不断提示出返乡路上的标识物，让灵魂紧随自己的召唤而来。巫师呼唤"魂兮归来！入修门些"。修门，是楚国都城郢城城门。招魂过程中，巫师需要提示灵魂途经地点，并招呼其紧跟自己："工祝招君，背行先些。"意思是自己在前引导,让灵魂随之而来。事实上,在传统葬礼上,出殡仪式时也能看到相似的仪式遗存,在移棺前行时,遇到转角、坡地等不平坦的地方,或途径某个重要场所时,都要呼唤灵魂随之而往,因为在古人观念中,灵魂本身飘荡不定,失去肉身载体后,容易随意而行,误入迷途。《招魂》为招诗人屈原飘荡荒野的亡灵之魂;《大招》相传是景差招屈原沉汨罗之魂,两者的目的都是引导诗人从异乡返归故园,从而使灵魂得以安息。在招魂归乡途中,巫师需向灵魂描绘家园的美好,过亭台楼阁,经山谷川流,登堂入室,回到故园。室内翡翠珠贝,光华灿烂;使女侍君,婀娜多姿;离榭修幕,可以怡情;芳草树木,可以娱神。因此,巫师劝告诗人之魂:"魂兮归来,何远为些?"劝其在此间安住,勿再远行。随即有飨宴呈上,钟鼓奏乐,歌舞升平。唯有在家国故园才有长久不衰的喜乐,才有永不枯竭的欢欣,没有流离失所的惆怅与彷徨,也无身处异乡的孤独与危险。因此诗篇尾声部分,巫师再次强调:"魂兮归来,返故居些。"这是《招魂》带有强烈感情色彩的抒情句式,以慰屈原忠贞不贰的灵魂。

在招魂仪式中,最后一部分往往是巫师以铺陈描述的方式向灵魂展示乐土的所在,使其得以安息。整个仪式由呼魂(喊魂)—警魂—导魂—安魂四部分组成,其终极目的是使灵魂从动荡不安的状态恢复平静安好,安息在合适的地方——故园或者彼岸天堂、西极乐土等,因此它是葬礼中重要的一个环节。当人们将逝者肉身稳妥安放后，他们相信，逝者之灵也需要有最终与最好的归处，这是对生命的思考与尊重的结果，是对生者与死者的告慰。《礼记》中的"复"是渴望肉身还阳，再续生命，《楚辞》中的"二招"则为我们展现了一个完整的招亡灵故魂的过程，这同样也是希望永恒的生命能够在时空当中延续，在残酷的死亡之后，有新生的开始。

# 四、永不落幕的飨宴

打开《诗经》与《楚辞》，有一种诗歌始终是引人注目的，那便是宴饮诗。在天子臣民相见时、在庙堂宗族聚会时、在乡里友人庆典时，这类诗歌总是歌颂着众人济济一堂时的喜悦，勾勒出上下有节、兄弟和睦、邻人融洽、长幼有序的人伦之美。飨宴，无论是居庙堂之高，或者处江湖之远，都是古人所渴慕的一种快意人生的生活方式。在宴会基础上发展起来的宴饮礼仪，是古代礼仪当中特有的一种，在饮食团聚的氛围中传递着人类相处融洽的美好图景。

## （一）祭祀之宴

描写宴会的诗歌在《诗经》中的分布，以"雅"和"颂"最为集中，在《国风》当中的数量最少。这与《诗经》中的"风""雅""颂"在内容上侧重点不一致有关，越是贵族聚集的场合，举行宴会的频率越高，因此，宴饮诗多出现在以王族和士大夫为主体的"三颂"与《大雅》中，而《小雅》与《国风》则较少涉及这类型的诗歌，多以民间本色生活为主，这也说明宴饮诗的存在与特殊人群有关。

凡是有聚会的场合，均有宴饮的存在。《诗经·卫风·氓》中写道："总角之宴，言笑晏晏。信誓旦旦，不思其反。反是不思，亦已焉哉。"《氓》是被遗弃的女子在追忆往事时，以伤感口吻写成的叙事长诗，她忆起丈夫与自己初会时，正是二人孩提之时。两人梳着羊角小辫在宴会中相遇，周围气氛融洽，二人轻声谈笑，在童言稚语中结下了旦旦信誓。这首诗歌虽未直接描写宴会，却为两小无猜的爱情铺垫了一段美好温馨的背景，以成年人为主导的宴会上，年幼的孩子也获得了属于自己一生当中难忘且甜蜜的回忆。宴会，不管对于哪一个年龄阶段的人来说，呈现的都是一个温馨和睦的画面，是记忆中有关喜悦的符号。因此，在解释"总角之宴"时，因不太明白总角之宴究竟为何种宴会，古礼中也并未提及为孩童举行宴会的仪式，所以注释家就笼统地将其意译为"欢聚"，或写作"总角之宴"。可见宴会本身就会勾起人们心中有关相逢、团聚与庆典的愉悦感情。

《诗经》中涉及的宴饮诗大多与祭祀有关，其中所举行的宴会可分两类，一类是针对祖先神灵所举行的飨神之宴，另一类是祭祀结束之后族亲欢聚的团聚之宴。《诗经》对祭祀礼仪中的两种宴饮形式都有所提及，后一种宴会形式又称为"燕私"。《毛诗序》中："《我将》，祀文王于明堂也。"《诗经·我将》中："我将我享，维羊维牛，维天其右之。仪式刑文王之典，日靖四方。伊嘏文王，既右飨之。我其夙夜，畏天之威，于时保之。"文王是周代德行的象征，开创了周代社会全面文治的面貌，使社会生活从上至下呈现出"郁郁乎文"的文明形态，是周人最为推崇的圣贤明君。"祀文王于明堂"，是将文王的祭祀与五帝祭祀进行配享。在先秦所历经的夏、商、周三代中，夏人、商人和周人都分别祭祀自己的祖先神灵，唯有对五帝的祭祀是共同的。五帝，即远古神话中的黄帝、颛顼、帝喾、尧、舜。因从混沌中开创帝业，在蛮荒中建立民族，具有始创之功，因而被尊为各族的共同先祖。五帝皆半人半神，超凡脱俗，既是先民心中的始祖神，又是保佑后代子孙绵延不绝、福寿延年的守护神，五帝的祭祀在祖先崇拜中占据最高地位，可以说与天神同尊。将文王祭祀与五帝祭祀合而为一，是对文王极大的崇拜与敬意的表现，意味着他占据着周代祭祀列祖列宗中最高的地位。《孝经·圣治》："严父莫大于配天，则周公其人也。"又"宗祀文王于明堂，以配上帝"。在先秦古人看来，文王、周公对于周朝的建立与稳定是具有开创之功的，带来了后世长久的繁荣与文明，他们的地位是周代其他帝王所无法比拟的，处于先君、先王的层级，周代社会对于宗亲关系极为看重，这样文王、周公又与父系始祖神等同起来，创始之父建业之功，类似于上天生育之德。《礼记正义》孔颖达疏："天，颠也。因其生育之功，谓之帝，帝为德称也，故毛诗传云：'审禘如帝。'"因此，祭天礼常与祭祀先帝之礼位于同一层级上，帝德即是天德的垂范，先帝功业也与天相似，都有始创之功，是后世绵延繁育的基础，所以先帝之祭配享于天，礼天与祭帝规格相似，这也为后代确立了皇帝位同于天，帝称天子的传统。《诗经·我将》写道："我将我享，维羊维牛，维天其右之。"这里"右"是"佑"的意思，将肥美的牛羊献给上天，希望神灵佑助帝王治国能效法文王之道，以德治邦。接着写道："仪式刑文王之典，日靖四方。伊嘏文王，既右飨之。"这句的意思是希望普天之下皆以文王之法典为准则，惠及四方。《诗经》中的"嘏"是"大"的意思，祷祝文王之道光大，上天垂佑而歆飨之。

　　从全诗来看，与其说这是祭祀文王的诗歌，不如说是祭祀上天为文王及其后代帝王祈福之诗。在世间为祈求福祉而献上的飨宴中，体现出祭天礼仪的祭祀规格——"维羊维牛"，即敬献的是肥美的牛羊，在《礼记·郊特牲》中有特殊的规定。郊祭，是针对上天之祭，天之厚德，至高无上，人间所呈献的祭品可以算是一种特别而神圣的飨神之宴，无论是牺牲还是祭天中所使用的礼器，都与别处不同，所以《礼记》中专门解释："郊特牲，而社稷大牢。天子适诸侯，诸侯膳用犊。诸侯适天子，天子赐之礼大牢。贵诚之义也。故天子牲孕弗食也，祭帝弗用也。"初读《礼记》，对于这段话的理解可能会有所困惑，《礼记·郊特牲》明明写的是祭天用牲之法，为何开篇与"天子适诸侯""诸侯适天子"混为一谈呢？我们知道，"适"有"去、到"的意思，因此这段话可以理解为，当天子到访诸侯时，诸侯用犊，即用小牛设宴进行款待，而诸侯朝拜天子时，天子赐其大牢，即肥牛。那么，郊祭所使用的牺牲与之有什么关系呢？从之前的论述中可以得知，天与天子配享，那么天子所享受的待遇则与上天等同，因此，以牛犊为膳款待天子，则祭天也应使用牛犊。故《礼记·郊特牲》解题中记曰："以其记郊天用骍犊之义也。"奉献给上天的牺牲，最合适不过的就是牛犊了。因为小牛"未有牝牡之情，是以小为贵也"，纯洁、干净、尚未发情的小牛犊符合上天精纯无二、高妙轻微之属性。正如郑玄所指出的，天的本性是极清虚之体，必须要以未染人间七情六欲的精纯之物方可使其悦纳。所以，嫩小的牛犊是祭献给上天最为真诚的一道飨宴，代表着对天空空如也、高高在上品性的理解与赞美。

在《礼记·郊特牲》中，除对祭天牺牲有所规定之外，还特别指出什么是被禁止的。"天子牲孕弗食也，祭帝弗用也。"无论是给天子进膳或者祭天仪式上，受孕的母牛是不可食用或被用作牺牲的。天子或上天对于后代或世界都有生育之功，是众生之源，禁止食用受孕的动物，这是对生育本身的尊重，也是对生命原始朴素的敬意。此外，祭天的时间，多在孟春之时。此时节阳气发生，万物萌长，本为生养繁衍的合宜时间，在此时对于繁殖本身应保护而不能阻碍，所以也专门立此禁忌，以达到顺应天道、迎合时气的要求，是古人"顺天行事"思想的反映。

## （二）宴饮与乡饮酒礼

从上文可以看出，宴飨文王，事实上是宴飨上天等义，如果

将文王视为周人先祖的话，那么对文王的祭祀可算是祭祖礼仪中
规格最高的一种。除此以外，《诗经·周颂·丰年》一诗还较为
完整地展现了周代贵族在秋季举行的"报"礼，以礼先祖，感谢
其对于子孙的庇佑和垂福：

> 丰年多黍多稌，亦有高廪，万亿及秭。
>
> 为酒为醴，烝畀祖妣，以洽百礼，降福孔皆。

这首诗前两句是写丰收之景。黍，是带黏性的黄色小米，北
方又称为糜子，可用以酿酒、做糕点等。稌，是稻谷的古称。数
以万计的粮食装满了高高的仓库，可见《诗经》中记载的这一次
丰年实在不多见。孔颖达疏："言今为鬼神佑助，而得大有之丰
年，多有黍矣，多有稻矣。既黍稻之多，复有高大之廪，于中盛
五谷矣。其廪积之数，有万与亿及秭也。为神所佑，致丰积如
此，故以之为酒，以之为醴，而进与先祖先妣，以会其百众之
礼，谓牲玉币帛之属，合用以祭，故神又下予之福甚周遍矣。"
孔氏解释的大意是丰年大获丰收是因为受到祖先之灵的荫庇，因
此以丰收之物酿成美酒飨神，在秋季举行大报之礼。这里对祖先
馈飨是以"报"的形式体现出来的，这是古礼的一种，又称为尝
礼或烝礼。

《诗经·小雅·天保》一诗中，对四季祭祀中的尝礼和烝礼
也有过记载：

　　　　吉蠲为饎，是用孝享。禴祠烝尝，于公先王。君
　　曰：卜尔，万寿无疆。

　　禴祠烝尝，是分别在春、夏、秋、冬举行的祭祀之礼。《礼记·王制》："天子诸侯宗庙之祭，春曰禴，夏曰禘，秋曰尝，冬曰烝。"其中，尤其以烝尝最为盛大，"禴，薄也。春物未成，其祭品鲜薄也。夏时物虽未成，宜依时次第而祭之。尝，新谷熟而尝之，烝者众也。冬之时物成者众"。可见春、夏二季的祭祀比较简单，祭品也不丰富；秋、冬二季则万物备足，大祭祖灵，所以后世又以烝尝为祭祀的简称。《诗经·小雅·楚茨》："絜尔牛羊，以往烝尝。"岁末之际，稼穑功成，新谷收，牛羊肥，大地萧条，一年一度的祭祀季又拉开了序幕，宴飨祖灵，《诗经》里提及，牛、羊、美酒是必不可少的，那么具体的礼仪规定是怎样的呢？

　　从制度上来看，《礼记·王制》记载有："天子犆禴、祫禘、祫尝、祫烝。诸侯禴则不禘，禘则不尝，尝则不烝，烝则不禴。诸侯禴，犆；禘，一犆一祫；尝，祫；烝，祫。"从经文上看，只有天子能完整进行一年四季的祭祀，诸侯则选择性地进行祭拜，祫、禘、尝、烝，是合祭先君之灵的大礼，三年一祫。取其昭穆谓之禘，取其合集群祖谓之祫。祫、禘意义基本相同，都是经年一次的大祭祀。在盛大的宗庙祭典上，飨神的美食除牛、羊、美酒外，还有具体的规定。"大夫、士宗庙之祭，有田则祭，无田则荐。"这是对贵族祭祀使用祭品的具体规定：有田，是指有分封的贵族，不仅需要进行烝尝之祭，还要准备献给祖灵田中

所出的新物；无田，即没有分封的贵族，则以荐新为主。祭祀在孟月，荐新在仲月。奉献给祖灵的物品，既有牺牲，也有五谷蔬果，无论哪种，都应体现行礼人的身份与地位。大夫及以上身份的人使用的牺牲为羊羔，士用特豚，即用一头猪。庶人无力献牲牢，则以田中所产五谷为荐："庶人春荐韭，夏荐麦，秋荐黍，冬荐稻。"韭、麦、黍、稻，都是四时新物。若有余力，比如捕猎所得，则可在此四物之外，配之与其相应的荤腥之物，如韭配以卵，麦配以鱼，黍配以豚，稻配以雁。卵、鱼、豚、雁，是四时较容易获得的荤腥之物。因此，献给祖灵享用的食物，在平时是不宜轻易食用的，所以"诸侯无故不杀牛，大夫无故不杀羊，士无故不杀犬豕，庶人无故不食珍"。

宴飨祖灵，以诚以灵，神人以和。宴飨族亲，一般在飨神之后，气氛融洽快乐，场面也从肃穆转向热烈。在《诗经·大雅·行苇》篇中，就为我们展现了这样一幅对内亲睦九族兄弟，对外孝爱老幼同胞，建立福禄之家的美好景象。

首先，诗篇开卷出现的是一幅宴席初始图：

敦彼行苇，牛羊勿践履。方苞方体，维叶泥泥。
戚戚兄弟，莫远具尔。或肆之筵，或授之几。
肆筵设席，授几有缉御。或献或酢，洗爵奠斝。
醓醢以荐，或燔或炙。嘉殽脾臄，或歌或咢。

行道路边生长的苇草，不要让牛羊去践踏，因为芳草刚刚萌

芽成形，叶子也才新吐出。诗歌以对微小自然之物的爱心起兴，
对外物尚且如此怜爱有加，更何况自己的骨肉至亲。因此诗歌接
着引入主题：亲戚兄弟，无论远近，都在主人的宴席上济济一
堂。年少的，陈之以筵，年老的，加之以几，各使其相得益彰。
在宴席桌几的旁边，还有侍者在殷勤地侍奉着。主人与宾客之
间，或敬酒，或作答，主人洗爵酬宾，客人受而奠斝。宴席上还
陈上肉酱，燔炙的肉、肝。宴席上还有牛脾和牛舌做的佳肴，席
间不断有歌伎击鼓作歌，伴以音乐。

> 敦弓既坚，四鍭既钧，舍矢既均，序宾以贤。
> 敦弓既句，既挟四鍭，四鍭如树，序宾以不侮。
> 曾孙维主，酒醴维醹，酌以大斗，以祈黄耇。
> 黄耇台背，以引以翼，寿考维祺，以介景福。

在诗歌的第二部分，描写宴席进行到游艺环节，主人与宾客
举行射礼，这是一种以射箭为比赛内容的，既充满游戏性，又富
于政教性的活动。参加者以射中多少进行排序，天子以射弓能力
取士，主人则以射中多少给予宾客相应的敬意。曾经是孙辈的主
人，现在已长大成人，端出美酒献给贵宾，用大斗盛酒，献给黄
耇之年的高寿老人。老人被司礼人搀扶着上前，祝愿自己的长寿
之福能加添到孝贤的主人身上。

这首诗歌虽不长，却蕴藏着几种上古礼仪的珍贵信息：一是
乡饮酒礼；二是射礼；三是燕礼。乡饮酒礼，可以视为本诗描述

的主要礼仪，这是吉礼的一种。乡饮酒礼的宗旨，是通过主人与宾客畅饮于庠序，达到尊贤养老的目的。在这里乡有聚集、集合之义，具有同宗同族的意味。《礼记》把乡分为四类：第一，乡大夫向其君举荐贤能之士，在乡学中与之会饮，待以宾礼；第二，乡大夫以宾礼宴饮国中贤者；第三，州长于春秋会民习射，射前饮酒；第四，党正于季冬蜡祭饮酒。古礼规定，乡大夫三年一饮，即三年举行一次乡饮酒礼，州一年两饮，党正则一年一饮。天子六乡、诸侯三乡、卿二乡、大夫一乡，每乡各有乡大夫。每乡又有乡学，乡学中有乡先生。学子每年入学，三年学成，毕业学生则接受相应等级的乡饮酒礼，如天子乡中学子学成则接受天子主持的乡饮酒礼，下推至诸侯、卿、大夫。礼仪举行时间在正月，仪式举行之前，乡大夫与乡先生商洽，推荐出学生中最贤者为宾，次者为介（即助宾行礼者），又次者为众宾（即陪衬观礼者）。让乡学子弟参与乡饮酒礼的目的是举贤选能。《周礼·地官·乡大夫》："三年则大比，考其德行道艺，而兴贤者能者。"在乡饮酒礼的仪式过程中，还有很多独具象征意义的环节。首先，从参与行礼的人来看，《礼记·乡饮酒义》解释道："宾主，象天地也。介僎，象阴阳也。三宾，象三光也。让之三也，象月之三日而成魄也。四面之坐，象四时也。"宾主是礼仪中最重要的因素，如天地在万物中占据最根本的地位一样。介僎，即礼仪中的辅助者，帮助宾主完成礼仪，因此以配阴阳，因为阴阳是助天地养成万物之气。三宾，即指参加礼仪的众宾，"三宾，象三光也"，日、月、五星称为"三光"。三光乃天上之天体星辰，是天的衬托物，而三宾也正是乡饮酒礼中的观礼见证人，烘托着礼仪的气氛，陪衬着礼仪的进行。"四面之坐"，即宾、主、介等的坐序安排。不同方位又各有其独特的意义。主人，坐东南，因为天地之间温厚之气，始于东北而盛于东南，象征天地之间的盛德，代表仁；宾坐西北，因为天地之间严凝之气，始于西南而盛于西北，是天地的尊严之气，象征义；介僎分别坐于西南、东北位，这是次位，代表介僎的职分是辅助主、宾完成礼仪。因此四方既坐，"主人东南象夏始，宾西北象冬始，僎东北象春始，介西南象秋始，其四时不离天地阴阳之内而生，即是宾主介僎之所象也"。因此，乡饮酒礼中的人、方位等构成了一个自身独立的宇宙结构，在这个结构之内，有空间更迭、时间流转、意义生成。

除了在礼仪结构上具有仿效宇宙、阐明天地四时之根本谛义之外，乡饮酒礼还具有重要的现实意义，即在宗族社会中起到尊长养老、传播孝悌的作用。如《仪礼·乡饮酒礼》中有：

> 乡饮酒礼，六十者坐，五十者立侍，以听政役，所以明尊长也。六十者三豆，七十者四豆，八十者五豆，九十者六豆，所以明养老也。民知尊长养老，而后乃能入孝弟。民入孝弟，出尊长养老，而后成教。成教而后国可安也。君子之所谓孝者，非家至而日见之也；合诸乡射，教之乡饮酒之礼，而孝弟之行立矣。

在上古观念中，孝义是与秩序相联系的，立孝义先要正齿位。参与乡饮酒礼的宾、介即众宾，除一部分是乡学中的学子以外，还有一部分是乡中年老者。六十岁以上者坐，五十岁以上六十岁以下者立，后者听受前者的政事支配。在使用器皿时，也有年序之分。

豆是先秦时期的礼器与盛器，基本造型为高脚深盘，用以供神、祭祀、盛物，多装肉酱、腌菜等。《周礼·掌客》载："凡诸侯之

**春秋晚期镶嵌狩猎画像纹豆**
（来源：上海博物馆藏）

礼，上公豆四十，侯伯豆三十有二，子男二十有四。"用豆的多少代表饮食种类的丰富与否，越是年长之人，越是享有种类多、数量多的供给，从而区别出长幼之序，给予礼遇。乡饮酒礼的宾客主体，一为少者，一为老者，通过该礼将两者维系起来，在年少者间推行尊长养老之义，是通过礼仪进行教化的方式。此外，礼仪应条秩序、分等次，自饮酒开始以后，至仪式终结，主人、宾客及会众皆以醉为度，《礼记·杂记》："一国之人皆若狂。"实现了礼仪更为根本的宗旨，即同亲疏、等贵贱、归天下于一的大同理想。因此，孔子曰："吾观于乡，而知王道之易易也。"王道易易，可解释为王道荡荡、王道平平。孔子所言之王道，即仁爱、德行施行于天下而周流不滞，这正是通过序长幼尊卑的教化之本，最后达到普世价值的推行与实现的目的。

### （三）宴会上的射礼

《礼记·射义》："古者诸侯之射也，必先行燕礼。卿、大夫、士之射也，必先行乡饮酒礼。"可见射礼与燕礼或乡饮酒礼关系密切。在《诗经·大雅·行苇》一诗中，所描述的"敦弓既坚，四镞既钧，舍矢既均，序宾以贤"的场面，就是发生在乡饮酒礼过程当中的射礼场景。射礼，是主人与宾客举行的射箭仪式，既有比赛性质，又有娱乐性质，同时还是观德取士的重要途径。射礼主要由几个部分构成：射人、射夫、射节与射器，四个环节联合起来最终体现射礼的象征意义。射人，是职官名，专门主持射礼的官职，又称射人师、大射正、司射。《周礼·夏官·射人》："射人以射法治射仪。"简单地讲，射人在射礼中担任发号施令、宣布比赛规则与结果、辅助君主在祭祀中射杀牺牲等职务，也兼职从事安排三公、孤卿、大夫上朝时所处位置等，所以郑玄注释时补充道："仆人、射人皆平时赞正君服位者。"射夫，是参加射礼的射者。《周礼·春官宗伯·乐师》："燕射，帅射夫以弓矢舞。"行射礼时，由射人挑选射夫，每两人一组，一般有多组。射节，指凡行射礼至第三轮时，会有音乐伴奏。射夫之动作与音乐节奏相合，称为射节。《诗经·大雅·行苇》中也描绘到这种情状："嘉殽脾臄，或歌或咢。"当宴会进行到一定时间时，会开始演奏音乐，射礼也随之相应展开。《行苇》没有直接描述射夫

如何按照音律进行射礼，但在《周礼·春官宗伯·乐师》中有较
为详细的记载："凡射，王以驺虞为节，诸侯以狸首为节，大夫
以采蘋为节，士以采蘩为节。"《驺虞》《采蘋》《采蘩》均为
《诗经·国风·召南》中的诗篇，《狸首》则在《乐经》当中。
主人与宾客均随着不同的音律相应调整自己射矢的姿势与步态，
一张一弛，犹如舞蹈，非常恰当地体现了上古"礼乐"合一的文
化形态。

礼，具有等贵贱、别尊卑、条秩序的作用，是从外在的维度
规范个人及社会的行为尺度。在礼仪的控制之下，人的行动处于
被牵制的状态，社会形态也呈现出人为化、形式化的倾向，一方
面使得社会更为文明与富于约束力；另一方面，如果礼仪渗透社
会的方方面面，发展出一套极为完善复杂的等级区分制度，将使
得人与人之间呈现出分离、破裂的状态，那么，礼仪的作用就走
向了反面。因此，古人说"礼胜则离"，意思是一味强调礼仪，
最后必将分离人心，分裂人群，这与周公旦当初制礼的目的是背
道而驰的。所以，古人在礼仪的基础上融合了乐的因素。《乐
记·乐论篇》："乐者为同，礼者为异。同则相亲，异则相敬。乐
胜则流，礼胜则离。合情饰貌者，礼乐之事也。礼义立，则贵贱
等矣；乐文同，则上下和矣；好恶著，则贤不肖别矣。"礼乐正
好起着互相辉映、互相补充的作用。纯正的音乐，乃"情深而文
明，气盛而化神"，因为是从人心而出，所以具有天然诚挚、感
动人心、团结族群、移风易俗的作用，恰好中和了礼仪本身所具

有的距离感。礼乐合一，是完美的相生相辅关系，礼自外作，乐从中出，礼以节外，乐以和内，乐者为同，礼者为异，同则相亲，异则生敬。当两者合二为一时，既有亲疏之别，又有人伦之爱；既有敬虔之义，又有合一之旨。射礼中的礼与乐的联合，显示了主宾之间既互相有别，又和睦亲好，同为一心的宗旨之义。

礼乐中进行的射礼，在祥和愉悦的气氛中，实现了射义演奏。射礼基本目的在于举贤取士，试以《礼记·射义》中孔子行射为例："孔子射于矍相之圃，盖观者如堵墙。射至于司马，使子路执弓矢出延射，曰：'贲军之将，亡国之大夫，与为人后者不入，其余皆入。'盖去者半，入者半。又使公罔之裘序点扬觯而语，公罔之裘扬觯而语曰：'幼壮孝弟，耆耋好礼，不从流俗，修身以俟死者，不在此位也。'盖去者半，处者半。序点又扬觯而语曰：'好学不倦，好礼不变，旄期称道不乱者，不在此位也。'盖仅有存者。"

射是上古贵族子弟需要掌握的六艺之一。"春合诸学，秋合诸射"，春习文，秋习武，是贵族学习的传统，乡饮酒礼一般多在秋冬之际举行，正好是习射开始的时期。《礼记》中记载的这则故事，应该也是以乡饮酒礼为背景，以孔子行射为故事核心，分别有射前、射中与射后旅酬三个单元组成。孔子行射时，围观者形成一堵人墙。子路任射人一职，执弓矢等射器出来请众人参与比赛，并宣布参加人所应具备的素质："败军之将、亡国之大夫、贪财之人，皆不可入而行射或观礼。"这样，围观者有一半离开了，还有一半留了下来。从中可以看出，射礼对人的品行有着较高的要求，无勇无识之人、不忠无智之人、贪财丧义之人，都不具备行射的要求。不过能否参与行射，衡量自身是否具备相应的素质品行，是以自律或自省的方式完成的。由各人自省之后再决定去留。同样，在射礼行毕后的旅酬仪式上，即主人答谢射夫的饮酒仪式中，又进行一轮反己修身的内省活动，如《礼记·射义》中：

> 又使公罔之裘序点扬觯而语，公罔之裘扬觯而语曰："幼壮孝弟，耆耋好礼，不从流俗，修身以俟死者，不在此位也。"盖去者半，处者半。序点又扬觯而语曰："好学不倦，好礼不变，耄期称道不乱者，不在此位也。"盖仅有存者。

进入旅酬饮酒环节，公罔裘与序点分别举起酒觯（饮酒器），先后发言。"古者于旅也语"，即在饮酒时，历来有一番言说，"礼成乐备，乃可以言语先王礼乐之道也"。公罔裘所说大义是：二十而幼，三十而壮，能在幼壮之年行孝悌；六十曰耆，七十曰耋，老而不倦，爱好于礼，特立独行，不从流俗，修洁其身直至老死，这样的人可以坐宾位。说完后去者、留者各半。序点接着说道："一生好学不倦，好礼不变，八九十岁至百岁高龄，从始至终遵行大道，这样的人可以就宾位。"语毕，留下来的只有寥寥几个人。公罔裘所强调的少而行孝，老而守礼，是强调每个年龄阶段做恰如其分的事情，而序点则要求一生好学好礼，一以贯之，终生不倦不变；公罔裘对于人的品质，要求要洁身自好，不随俗流，而序点则要求要追随大道，实现自我的全面完善。因此，从行为的长期性与目的的价值高下来看，后者的要求比前者更为精进。子路延射，是在射礼开始之先，二人举觯，是在射礼结束之时，一前一后，贯穿整个射礼过程，是对射义的阐释与实现。射礼不仅是动作上的举弓发矢，更是在一张一弛之间，完成对个人品性的反思与人格的塑造，做到修身审己。"射者，仁之道也。射求正诸己，己正而后发，发而不中，则不怨胜己者，反求诸己而已矣。"可见上古之人，将运动与修身很好地结合起来，习射本来是一种锻炼身体的运动方式，"故男子生，桑弧、蓬矢六，以射天地四方"。这说明自古以来，男子重射，自出生起，便以桑木做弓，派人将箭射于天地四方，以预示男子成年之后所行之区域轨迹。当男子成年之后，这种传统仪式便被赋予了反己修身的新内涵，在乡饮酒礼或燕礼的融洽氛围中，以悠游的方式，完成了身心的和谐统一，既有动作肢体上的强健之功，又有精神思想上的提升精进；既有行动的刚与健，又有思维的正与和，充满了对人致思与致行的全面理解——君子的行为应该是意识及思想水平高下的反映。因此，孔子总结道："射者何以射？何以听？循声而发，发不失正鹄者，其唯贤者乎！若夫不肖之人，则彼将安能以中？"正是因为君子的行为是其心志的反映，所以心正之人，必能射中。因此以射礼取士，是通过中与不中判断其心志的正与不正。君子习射，是锻炼精神与行为的专致合一，观人行射，是借人察己，反思自身言行是否一致不贰。

《行苇》还有另一种解读，认为该诗是赞美周成王忠厚德行的诗篇，并推而广之，认为不仅颂赞了周成王本人，而且对整个周族王室都给予了普遍的赞誉。如果本诗中主持宴饮的主人是君王，宾客是成王的九族近亲，那么诗歌所表达的礼仪就不是乡饮酒礼，而是专指君臣之义的燕礼。乡饮酒礼与燕礼的大致程序相似，都由坐宾、宴饮与行射等环节组成，有所区别的是参与人的身份以及礼仪意义的改变。举行燕礼的意义，《礼记·燕义》阐明道："臣下竭力尽能以立功于国，君必报之以爵禄，故臣下皆务竭力尽能以立功，是以国安而君宁。"由此可见，与和睦宗亲的乡饮酒礼有所不同的是，燕礼是以"君臣和睦，各尽其责"为礼仪目的的。此外，乡饮酒礼有尊长养老的意义，通过坐序、用豆数量等区分老少长幼之别，使众人有尊贤敬老之心、上下亲疏之别。与之相似，在燕礼当中，俎豆、牲体、荐羞，皆有等差，所以可以明贵贱。因此，无论乡饮酒礼还是燕礼，都鲜明地体现了礼仪的等级性与秩序性，然而这种对人与人之间进行区分的目的并不是为了将不同层次的人群对立起来，而是起着团结、和睦与彼此尊敬的作用，使得社会呈现出有伦有常、井然有序的文明态势。

## （四）楚地宴饮风俗

有关祭祀的饮食，对鬼神的宴飨，《楚辞·招魂》中有更为详尽的记载。在这里我们看到对于魂灵的款待，与郊天之祭讲究清洁精微，乡饮酒礼和燕礼是与以饮酒为主的传统相对应的另一种礼俗，这种礼俗更多地体现出事死如事生的思想，以人间极致的奢华享乐为吸引鬼神的主要手段。《招魂》关于宴飨鬼神，主要反映在以下文字中：

> 魂兮归来！何远为些？室家遂宗，食多方些。稻粢穱麦，挐黄粱些。大苦咸酸，辛甘行些。肥牛之腱，臑若芳些。和酸若苦，陈吴羹些。胹鳖炮羔，有柘浆些。鹄酸臇凫，煎鸿鸧些。露鸡臛蠵，厉而不爽些。粔籹蜜饵，有餦餭些。瑶浆蜜勺，实羽觞些。挫糟冻饮，酎清凉些。华酌既陈，有琼浆些。归反故室，敬而无妨些。

以美食敬奉魂灵，希望以人间的美味留住即将远行的魂灵，这也算是一种特殊的祭祀方式。这种祭祀虽与以慎终追远为目的的祖先祭祀有别，也与精诚专一的天帝祭祀不同，但它反映出上古荆楚一带独特的丧葬风俗及该地区人们的灵魂观念。他们相信，刚刚离世的魂灵尚未远行，具有感知亲属心灵意念的能力。

因此，供奉给魂灵以其生前喜爱之饮食，呈上至美至甘的食物，能体现亲人不舍之心与诚挚之意，从中也反映出汉江流域贵族阶层的饮食风俗以及钟鸣鼎食的生活习惯，是人间宴飨的真实写照。

从《招魂》中食物的种类来看，可分为主食类、主菜类、酒水类与调料类。主食体现出南方饮食特色，以稻为主，配合稷、麦等，煮饭的方式较为讲究，需要以新谷配以黄粱，蒸出和软、柔糯、香滑的谷饭。这是古代贵族阶层较为推崇的一种主食类型。洪兴祖补注引《本草》："黄粱出蜀、汉、商、浙间亦种之，香美逾于诸粱，号为竹根黄。"唐代诗人杜甫在《赠卫八处士》诗中也写道："夜雨剪春韭，新炊间黄粱。"可见对黄粱配谷饭的喜好从战国一直沿续至唐代。主食配的小菜，是合以五味的豆豉，用以下饭；供给魂灵的主菜主要为肉类，种类繁多，有肥牛、羊羔、野味和家禽类。楚人喜好食用牛腱肉，小火慢炖，使其熟烂软糯，味美多汁，配以吴地酸酱，蘸食；用牛五脏炖煮鳖、羊羔肉，配以饴蜜作为蘸料；以酢浆将鹅、鸭肉烹煮成羹，用油脂煎大雁、野鹤；以鸡肉和龟肉做羹，味道调和要清烈新鲜，勿久用以免腐败变味。除此以外，还有炸制的粔籹，如今称之为馓子，调和以蜜，作为甜点；装满酒杯的琼浆玉液，以冰冷的酒酿，盛夏饮用分外清凉。

以上美酒佳肴，尽一一陈列席上，呼唤魂灵恣意取用，长留此间，不离故乡。这宴飨魂灵的饮食，正是楚地饮食习俗的反映。楚地气候湿润，河流湖泊密集，便于水稻生长，容易获取各类水禽、野味，因此，楚人以稻、麦、黄粱为主食，好滋味，重荤腥，善饮酒，礼仪生活中的宴飨与日常生活并无太大差异，禁忌不严格，注重全面满足人的自然食欲，《楚辞》中的这种饮食习惯，一直在荆楚地区继承流传着。长沙马王堆汉墓出土的随葬品中，就有用以供奉魂灵享用的各种谷类、蔬果及禽肉。主食有稻、麦、黍、粟、大豆、赤豆、麻子等；果品有梨、梅、杨梅等；蔬菜有东葵、芥菜、竹笋、姜、藕等；肉食品有牛、羊、猪、狗、兔等。

长沙马王堆汉墓出土的西汉藕片

因此，荆楚饮食习惯与儒家正统经典的《礼记》中记载的礼制化饮食习惯有所区别。《礼记·内则》主要记载男女侍奉长辈之法则，尤以女子在家庭生活中的行为规则为重，其中有很多周代贵族阶层饮食制度的记载，其基本特点如下：

（1）饮食必有时。"凡食齐视春时，羹齐视夏时，酱齐视秋时，饮齐视冬时。凡和，春多酸，夏多苦，秋多辛，冬多咸，调以滑甘。"意思是饭宜温，羹宜热，酱宜凉，酒宜寒。春夏秋冬，各宜多食酸苦辛咸，以甜甘调和，遵守食物的物性与时节性，与《招魂》中不分时节、大食五味有所区分。

（2）饮食必有忌。《礼记·内则》规定："不食雏鳖，狼去肠，狗去肾，狸去正脊，兔去尻，狐去首，豚去脑，鱼去乙，鳖去丑。"原因是"皆为不利人也"，周人谨慎选择每种动物身上可食用的部分，绝不以果腹为目的，囫囵吞之。同时，对于食用动物的良莠区分得十分细致，其严谨程度甚至超过现代人的食用标准："牛夜鸣则庮；羊泠毛而毳，膻；狗赤股而躁，臊；鸟皫色而沙鸣，郁；豕望视而交睫，腥；马黑脊而般臂，漏；雏尾不盈握，弗食。"意思是如果夜里鸣叫的牛，肉质一定是臭的；羊身上的毛打结，说明它膻味过重；狗后腿无毛，肉就会臊；鸟的羽毛失去光泽，叫声沙哑，它的肉就是腐臭的；猪如果作远视状，睫毛又相交接，那么它的肉中就有寄生虫；马的脊背作黑色而前胫有杂斑，它的肉就有蝼蛄臭味；飞禽的尾巴不盈一握，则不要食用。总之，周人挑选食物的标准一定要是外形完美、体态健壮、生气勃勃、正值盛年的，如此严苛的标准，说明周代贵族对饮食的追求已逾越口腹之欲而有审美上的追求，这也是孔子所提倡的"食不厌精，脍不厌细"的文化源头，对饮食的极致要求使得饱腹之物向身份与地位的代言品转化。

（3）饮食必有节。《礼记·内则》规定："大夫燕食，有脍无脯，有脯无脍。士不贰羹胾，庶人耆老不徒食。"意思是做大夫的，吃了切细后煮熟的肉就不能再吃肉干，两者必择其一；做士人的，吃了羹也不能再吃肉；至于庶人则年岁终老，也不可白吃白喝。这条规定一方面区分了人的贵贱，另一方面也节制了人对食物的欲望，不可任意而食，因此孔子才赞誉颜回："一箪食，一瓢饮，在陋巷，人不堪其忧，回也不改其乐。贤哉，回也！"这与《招魂》中强调的美酒佳肴任君魂品尝的纵横肆意、享乐人生的价值观是有明显差异的。

饮食，本是日常生活中最为普通的事情，然而早在上古时代，它却被赋予了非常丰富的内涵。它既是维系亲情的纽带，也是区域文化的象征性符号，是关于故国和家园的身体记忆。同时，饮食的种类和数量、烹制方式与食用原则等，使其成为一种政治、地位、身份的代言品，食物的餐桌进而成为权力的餐桌，日常的进食转化成为礼仪的演习。饮食的这种转变在上古时期是全区域性质的，不仅在政治中心地带出现，在远离中心地带的次生文化区域同样也发生着变化。只是在中原核心文化圈内，这种进展更快、更为彻底，表现为当地贵族阶层钟鸣鼎食的生活方式，使得饮食成为划分等级尊卑的重要形式。在距离中心较远的区域，如荆楚流域，这种贵族生活礼仪化倾向同样存在着，如湖北曾侯乙墓出土的编钟群，体现出中原礼乐文明对次中心的影响；长沙马王堆汉墓的棺椁埋葬方式，表现出中原贵生重死思想观念对较偏远地区的渗透与覆盖。毋庸置疑，中原正统、强大的文明形式形成一个集中的辐射区域，向周边地区传播，在思想观念与行动上进行着多样化与异质化的整合统一。但是，各个地方区域自身本土性的、原生态的文明形式依然具有强大的生命力，它强调人的自然生命能力的宣泄以及对本能的尊重，因此，这些区域虽不及中心地带拥有规模庞大的礼仪体系，却保留了以瑰丽的幻想和自然天性为主导的原始巫风仪俗，体现出一种生气勃勃的原始美感，也使中国文明呈现出泛中心、结构与解构的模式特征来。

# 五、诗歌中的礼器

　　《诗经》所包含的，是一个内容丰富的上古生活体系，这其中有很多动态的生活场景，如男女的恋爱、婚嫁；四时更迭、农夫的劳作；征人的远行、思妇的留恋；宗族的聚会、盛大的宴饮等，这些图景是古人在时间与空间中穿行所留下的痕迹，是行为的烙印。同时，《诗经》中还有很多静止的背景，烘托着人物的生活，是凝固的、象征性的符号，孔子在教导弟子学《诗经》时就曾注意到这一现象："诗，可以兴，可以观，可以群，可以怨，迩之事父，远之事君。多识于鸟兽草木之名。"在孔子的时代，《诗经》除了具有兴观群怨的社会意义之外，还起着博物教育的作用，因为其中记载了大量有关自然风物、名物制度的史料。因此，三国吴人陆玑以此为对象，写作了《毛诗鸟兽草木虫鱼疏》，来解释《诗经》中的一花一草、鸟兽虫鱼，开启了《诗经》名物制度训诂的先河。人在自然天地之间，其流动的行为，都是穿行在具体、固定、静态的实物之间。春夏秋冬的日月花草、鸟兽虫鱼，一粥一饭的食器、盛器，仪式交往中的礼物、信物，宴饮席间的觥筹交错，是具体的物在承载着人类丰富的情感表达，同时由于物具有比有机体更为长久的生命力，因此又成为过去生活的见证者与记载者。在各种物品之中，礼器作为含义最为丰富、地位最为重要、象征最为复杂的器物代表，多次出现在《诗经》的吟诵当中，值得引起高度的关注。现今保存与出土礼器的丰富，也可为这纸上的记载作实物之互证，来想象或还原上古时期那有声有色的趣味生活。

"风""雅""颂"当中对于礼器的记录是有差异的，"风"当中最少，"雅"与"颂"当中相对较多。这与当时的社会实际是相关联的。"风"来自民间，为乐官所采的民谣曲调，多与征人、思妇、农夫、游子等普通百姓的日常生活相关，反映着最为广泛的底层百姓的心声情怀。而礼仪制度，素来有"礼不下庶人，刑不上大夫"之规，因此，虽然周代建立起了"郁郁乎文"、规模庞大、蔚为壮观的礼制，但这种社会生活的全面形式化与审美化是集中发生在上层贵族集团当中的，对于普通百姓来讲，他们所经历的，是数百年流传下来的礼俗而非周代新兴的礼制，他们是贵族礼仪的旁观者而非参与者，他们观看贵族男女的婚嫁、兵礼的操练、乡饮酒礼的举行，但又置身事外，于是，象征着礼制等级和权力地位的礼器，自然不会轻易出现在普通人群的生活当中。"雅""颂"的作者与"风"不同，《小雅》是以底层士人为主要作者群的，《大雅》和"颂"则以描写王公、宗亲、权贵的生活为重。这样，"雅""颂"篇的创作者与表现对象，是周代礼制生活的主要参与者。在各篇当中，礼器出现频率自然偏高。总的来讲，

《诗经》中的礼器可分四类，一为佩饰类，二为饮食类，三为礼神类，四为乐器类。下面各举例以分析之。

## （一）佩饰类礼器

在了解《诗经》有关礼器的诗篇前，我们先从一个私人生活的视角，来观察上古生活中人与物的邂逅，如《诗经·卫风·竹竿》：

> 籊籊竹竿，以钓于淇。岂不尔思？远莫致之。
>
> 泉源在左，淇水在右。女子有行，远兄弟父母。
>
> 淇水在右，泉源在左。巧笑之瑳，佩玉之傩。
>
> 淇水滺滺，桧楫松舟。驾言出游，以写我忧。

这是一首节奏悠扬、情调舒缓，又带着淡淡哀愁的美丽诗篇。诗中描写了一个女子在婚后对于婚前生活的回忆及对婚后生活的幽怨。当诗中主人公还是少女的时候，曾拿着竹竿去淇水边钓鱼，也同样是在淇水边，她告别了父母兄弟。"泉源在左，淇水在右"，诗歌以兴的方式，说出淇水与泉源各不相干，这是委婉地道出女子婚后与丈夫感情并非融洽合一，"今淇水与泉源左右而已，不相入，犹君子与己异处，不相亲"①。泉源，指小水流；淇

---

① （汉）毛亨传，（汉）郑玄笺，（唐）孔颖达疏，（唐）陆德明音释：《毛诗注疏》，上海：上海古籍出版社，2013年，第321页。

水，是大河道。泉源之水本应汇入淇水，合二为一，象征夫妻感
情亲密无间，但诗中淇水、泉源各行其道，则暗指夫妇婚后并非
和美。但《诗经》的审美原则是："乐而不淫，哀而不伤。"即使
女子在婚后遭遇感情挫折，但仍怀念着出嫁那天自己与丈夫在婚
礼上的和谐温馨："已虽不见答，犹不恶君子，美其容貌与礼仪
也。"《诗经》笺疏中认为这位女子此时虽与丈夫已有隔阂，但仍
保存着婚嫁之日最美好的回忆，那时女子笑靥如花，丈夫佩玉行
来，从容有度，文质彬彬。昔日琴瑟和谐的记忆，在如今重回淇
水之滨、驾舟返游时，增添了女子挥之不去的忧愁。

诗歌中女子的丈夫佩玉而来，款款有度，深深吸引了当时年
轻的女子，这幅场景从一个侧面说明了上古君子有佩玉之风。佩
玉是为了使行为更符合礼仪要求，从容不迫，进退有节，各式各样
的玉佩点缀着古人的生活，陶冶着他们的情操，是高尚人格的外在
象征物，随时随地都要佩戴在身边，不可随便取下。

《诗经·卫风·芄兰》中还提到上古常见的另外两种佩饰：
觿和韘。

> 芄兰之支，童子佩觿。虽则佩觿，能不我知？容兮
> 遂兮，垂带悸兮。
> 芄兰之叶，童子佩韘。虽则佩韘，能不我甲？容兮
> 遂兮，垂带悸兮。

觽，是古代用来解结的一种工具，多以玉、骨制成。韘，是射箭时戴在手上的扳指，用以保护手指，便于发力，材质多为玉石类。觽和韘都是古代成年男子所佩戴的饰品，诗中这位童子年纪尚幼，战战兢兢佩戴之后，虽摆出一副故作老成的样子，但仍流露出忐忑与紧张。

这有趣的情景从侧面说明，当贵族男子成年后，随身戴有佩饰，以规约自身行为，标显身份，体现出贵族生活的端庄优雅。人天生具有审美之心，早在新旧石器时期，就出现了骨珠、绿松石珠等佩饰，起着驱凶避邪、装饰防身的作用，在二里头遗址当中，也出现了绿松石镶嵌的青铜兽面纹佩饰。

进入礼制时代之后，佩饰由装饰之"配"，演变为身份之"佩"，以礼器形式出现的佩饰，不仅含有原初的装饰之义，更具备修身、养性、习礼、养德等象征属性。礼器类佩饰内涵的增加，主要表现在两个方面，一是以材质进行象喻，二是以形状进行象喻。从材质上看，佩饰类礼器多以珠玉制成，尤贵用玉。中国的玉文化自新石器时代开始繁荣，绵延在整个中华文明史中，从早期对软玉的喜好，到明清后对硬玉的偏爱，中国人赋予玉石以精神人格的象征力量，成为君子品格的物质符号。《诗经·国风·小戎》："言念君子，温其如玉。"君子谦虚温和的品格与玉石温润内敛的属性，具有天然的一致性。因此，《礼记》将玉石之属性与君子之德行联系起来：

子贡问于孔子曰:"敢问君子贵玉而贱珉,何也?为玉之寡而珉之多欤?"孔子曰:"非为珉之寡故贵之,珉之多故贱之。夫昔者君子比德于玉。温润而泽,仁也;缜密以栗,智也;廉而不刿,义也;垂之如坠,礼也;叩之,其声清越以长,其终则诎然,乐矣;瑕不掩瑜,瑜不掩瑕,忠也;孚尹旁达,信也;气如白虹,天也;精神见于山川,地也;圭璋特达,德也;天下莫不贵者,道也。诗云:'言念君子,温其如玉。'故君子贵之也。"

君子比德于玉,玉温润的光泽象征仁德;缜密的质地如同识见;清冽而不尖锐,如同君子对义的持守;玉器排列整齐,象征君子行礼整齐有序;不掩瑕瑜代表君子表里如一;玉石晶莹剔透,象征君子品格纯净高洁,可以为人信赖;玉石之气如虹,代表着天;玉藏之于山川,象征地;玉多打磨成为礼器如圭璋等,是大德的反映。因此,玉的本身象征了道的体现、运行和圆满,为天下所贵重。正因为如此,君子要时时佩玉,"君子无故,玉不离其身",以反省修己。同时,打磨玉器,从璞玉雕琢成美玉的过程,与君子修身的过程也有一致性,《诗经·卫风·淇奥》:"有匪君子,如切如磋,如琢如磨。"正因为从材质、品质、德行等方面,玉石之气与君子之风都具备了高度的一致性,因此,以玉为材质的佩饰,具有的就不再是单纯的装饰美化之意,它象征着君子品德的周全完满与精神人格的建立塑造,进而登堂入室,位尊为礼器。

　　君子佩戴玉礼器，除从质、制方面提醒自己比德于玉，反省修己的精神意义之外，还有实实在在的规范行为的作用。在《礼记·曲礼下》中，对于佩戴礼器对人行为的影响有了详细的描述："立则磬折垂佩。主佩倚，则臣佩垂；主佩垂，则臣佩委。"这是一则典型的以玉作为礼器约束个人行为的例子，《礼记》注释说明，《曲礼》的这一记载是有关君臣俯仰之节，即君主、臣子相见时应采用的形貌、姿态与遵守的规矩。臣子站立时，应弯腰如同磬折。磬是一种古代乐器，呈内曲折状，人臣面见君王，则应折腰而立，偻折角度如同磬之折背，以示君臣尊卑之别。当臣子折腰而立时，他所佩戴的玉饰从身两侧悬挂而出，垂直于地，玉饰是佩饰类礼器之一，以玉饰悬垂的角度来判断臣子行礼是否到位，很明显玉佩饰在装饰意义之外，还带有衡量仪态的实用意义。"主佩倚，则臣佩垂；主佩垂，则臣佩委"，由于君子无故不去玉，上古贵族从上自下均有佩玉礼仪，因此，当君王的玉佩"倚"，即贴身而垂下时，臣子的玉佩则需要悬垂而下，只有处于站立姿态时，玉佩饰才可能贴服于身，此时，臣所佩之玉垂下，说明臣子"磬折"而立，处于屈身姿态；相应地，当君王屈身，玉佩垂地时，臣子见状，则应愈加偻曲，弓身向前，使佩玉贴近地面，呈"委地"之姿。

　　以玉佩饰的各种状态，调整自身俯、仰、立、曲姿势，在既无语言对话，也无司仪引导的情况下，实现了礼仪上下有序、尊卑有别、进退有度的现实意义。此外，由佩饰类礼器所装饰与控制的礼仪，完成了进退揖让、有条不紊的形式化审美实践。

## （二）饮食类礼器

中国礼器的特色，在于将日常器物引入礼器系统，这样，日常生活走上了形式化、审美化的道路，日用的饮食用具，将普通的吃喝行为赋予文化气息，传递出礼仪生活的雅致。如《诗经·周南·卷耳》：

> 采采卷耳，不盈顷筐。嗟我怀人，置彼周行。
>
> 陟彼崔嵬，我马虺隤，我姑酌彼金罍，维以不永怀。
>
> 陟彼高冈，我马玄黄，我姑酌彼兕觥，维以不永伤。
>
> 陟彼砠矣，我马瘏矣，我仆痡矣，云何吁矣！

一般认为，这是一首思妇怀念征人的诗歌。但也有学者认为，这首诗歌事实上融汇了两条叙述的线索，一条是妇女对丈夫的思念，一条是丈夫对妻子的想念。首先，从开篇来看，展开的场景是一位妇人在山冈上采集刚刚发芽的卷耳草，但采集了很久也不过半筐，并不是因为她劳动效率不高，而是对于远方丈夫的想念之情，一直压在心头，以至于无法全心全意地采集。另一条线索是

**大罍**

[来源：（宋）聂宗义《新定三礼图》]

以丈夫的口吻展开的，这名远行的男子艰难地跋涉在山冈之上，虽然他备受旅途艰辛之苦，但从诗歌的描写来看，他有瘦马一匹，仆人一名，他的身份应该是下层士人，而不是普通的劳苦大众。当这名男子行进在高冈之上时，对于家园故乡及亲人的思念使他倍感伤怀，只能借酒浇愁，诗中提到的金罍与兕觥，便是酒礼器。所谓金罍，是以青铜铸造而成；所谓兕觥，即角爵。前者是盛酒器，后者是饮酒器，在贵族的礼仪生活中，是最为普遍运用的饮食类礼器之一。

商代晚期方罍

（来源：上海博物馆藏）

商代晚期高父乙觥

（来源：上海博物馆藏）

中国的青铜礼器开始于酒器。在北京国家博物馆的文物展示大厅中，河南偃师二里头遗址中出土的青铜爵，被认为是目前所见的最早的青铜酒器。此件铜爵素面无饰，器身修长，器壁较薄，体现出素朴简单的风格。然而，它作为礼器的身份并不因为它的朴素外形而被削弱，在同期出土的青铜器物中，还有一件兽面纹青铜牌饰，这件牌饰精雕细琢，以绿松石为兽面装饰，附以镂空雕饰，在工艺的复杂与精致程度上，显然超过上述的二里头青铜爵。

然而，兽面纹青铜牌饰在礼器序列当中的地位，在夏文化时期已不如铜爵尊贵。《礼记·祭统》中有："礼有五经，莫重于祭。"《礼记》记载，从夏朝开始，在最高等级的祭祀礼仪当中，酒成为最主要的祭祀之物。《礼记·明堂位》："有虞氏祭首，夏后氏祭心，殷祭肝，周祭肺。夏后氏尚明水，殷尚醴，周尚酒。"三代祭祀天地与祖先的礼仪，无论祭品有何区别（首、心、肝、肺），均为牺牲的不同部位，但需奉上的酒水却是一致的。明水，即玄酒，不是真正意义上的酒，而是经过明月照耀之后的清水。夏人尚质，认为清澈无味的明水更符合祭祀的对象——天帝神灵寂寞无形、神秘莫测的本质。因此，青铜爵酒器的朴素也同样体现着"尚质"的审美特征，并且可以说，越是朴素的器物，越在礼器行列中居于重要的位置，因为它直接反映夏人对于本体之物的思考，体现着对宇宙、自我存在等核心问题的看法与经验。夏人选择青铜爵作为核心礼器的担当者，说明酒器在此时礼仪序列中的极高地位，也反映出以饮酒为中心的礼仪逐渐成为三代礼仪中最为重要的仪式。

在《诗经》中提到的众多饮食类礼器中，也以描写酒器的诗篇最为丰富。《豳风·七月》："九月肃霜，十月涤场，朋酒斯飨，曰杀羔羊。跻彼公堂，称彼兕觥，万寿无疆！"又有《小雅·楚茨》"献酬交错，礼仪卒度，笑语卒获"；《小雅·桑扈》"兕觥其觩，旨酒思柔"等。上述提到的兕觥、酬等，都是普遍流行于西周时期的饮酒器，《诗经》高频率地提及这些器皿，说明饮酒日益成为祭祀、宴饮、婚嫁等礼仪的核心形式。饮酒器之所以能位列礼器之尊，原因有二：第一，饮酒与日常饮食不同，并不是为了满足食欲、增加饱腹感，酒能带来精神上的兴奋与迷醉，满足人精神层面的需求。因此，历代诗人多齐声赞同："何以解忧，唯有杜康。"第二，在礼仪活动中的饮酒，伴随着一系列复杂细致的动作行为单元，使得行礼时间得以延长，将礼仪进行彻底的审美转化。

《诗经·大雅·旱麓》中有名句"瑟彼玉瓒，黄流在中"，可作为饮酒礼仪化过程的一个例证。瓒器，其形状为一端有柄，

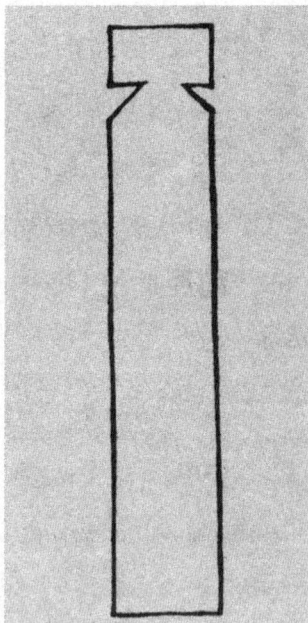

**大圭**

[来源：（宋）聂宗义《新定三礼图》]

另一端为可盛水的容器，"瓒，形如盘，容五升，以大圭为柄，是谓圭瓒"①。

《周礼·考工记·玉人》："有瓒，以祀庙。"郑玄注曰："瓒如盘，其柄用圭，有流前注。"通过文献记载，说明古时瓒器为礼器，用以导流祭祀中所需要的酒液。"瑟彼玉瓒，黄流在中"，意思是在精致的玉瓒中，荡涤着芬芳馥郁的美酒，但人们并不急于将它喝下，而是慢慢观赏酒液在玉瓒中流淌的样子。这使得盛酒与喝酒的时间延长了，在这延长的时间当中，礼仪有了充分展开的空间，人们或颂或赞，或祝祷祈福，或彼此言谈。此外，饮酒的动作一般由几个行为单元拆分而成，即盛酒—斟酒—荡涤—饮酒。每一个动作环节都配以相应的礼器，因此，作为礼器出土的酒器，往往不是单独出现，而是以系列的形式出土的。说明早在夏文化二里头酒礼器体系当中，常见的搭配为铜爵、铜斝（少量）、陶盉、觚、尊等。自此开始，礼器中形成了稳定的酒器系列组合，说明礼仪已趋于完善和制度化。"这是一个跨时代的变化，从此开启了夏商、西周早期礼器制度一以贯之的以酒礼器为核心的礼器制度，奠定了三代礼器制度的基础。"② 二里头时期尚未出现铜爵配组的情况，然而，铜爵却与其他陶礼器一起出现在

① 《十三经注疏》整理委员会整理，李学勤主编：《十三经注疏标点本·礼记正义》，北京：北京大学出版社，1999年，第937页。

② 中国社会科学院考古研究所编：《中国早期青铜文化——二里头文化专题研究》，北京：科学出版社，2008年，第58页。

墓葬当中，如二里头三期墓葬 VIKM3，墓葬上层南面有铜爵、陶盉各一件出土。爵为饮器，盉为灌器，二者的组合说明本时期礼仪系统化程度已较高。发展至西周时期，爵多以组合的形式出现。《仪礼·特牲馈食礼》中酒礼器组合为二爵、二觚、四觯、一角、一散（斝）。对于这种独特的酒器配伍现象，《诗经》中也常常涉及，如《诗经·大雅·行苇》："敦彼行苇，牛羊勿践履。方苞方体，维叶泥泥。戚戚兄弟，莫远具尔。或肆之筵，或授之几。肆筵设席，授几有缉御。或献或酢，洗爵奠斝。"在诗歌描写的这次宴会中，设宴，是先筵次席，再授桌几；饮酒，是先用爵饮，再换酒斝。爵、斝均为饮酒器，外形类似，稍有区别，代表饮酒礼行进的不同阶段。

**商代兽面纹青铜爵**

（来源：上海博物馆藏）

**商代兽面纹青铜斝**

（来源：上海博物馆藏）

可见，《诗经·大雅·行苇》中一筵一席一几，一爵一斝，已经反映出了周代礼制的复杂性与连续性。

酒礼器配伍的现象，使得礼仪的结构显得十分复杂，以《仪礼·士冠礼》为例，在行礼过程中随时进行斟酒、饮酒、洗杯、换爵等行为。在给成年男子加冠的礼仪上，以尊为盛酒器。"尊于房户之间，两甒有禁，玄酒在西，加勺南枋。"盛酒的尊器，放置于房屋的西室，尊下有禁，为盛尊之物。玄酒盛于尊中，为次日的礼仪做好准备。不过这里的玄酒就是明水，并不是次日真正使用的酒液，而是为怀古所摆放的纪念品。洗器也同样备好，勺和觯器放于篚中，置于北室。等到加冠礼开始的时候，先上佐餐的菜肴，等宾客入席之后，从篚中取爵、洗杯、盛酒、献宾。冠者加冠之后，也要"左执爵，右祭脯醢"，还要到宾客当中，执爵进献宾客，饮毕后立于筵西。随着加冠、加皮弁、加爵弁，每一次仪式的展开，进爵饮酒的程序都要重复一遍，一共三次。在进酒的过程中，还需配以辞令，醴辞为："甘醴惟厚，嘉荐令芳，拜受祭之，以定尔祥，承天之休，寿考不忘。"这是宾客对于冠者的祝福辞令。醮辞曰："旨酒既清，嘉荐亶时。始加元服，兄弟具来。孝友时格，永乃保之。"这是父辈对冠者的祝酒辞，意思是希望冠者和睦兄弟、注重孝道、神灵护佑。再醮时又说："旨酒既湑，嘉荐伊脯。乃申尔服，礼仪有序。祭此嘉爵，承天之祜。"即嘱咐冠者注重以礼修身。三醮说道："旨酒令芳，笾豆有楚，咸加尔服，肴升折俎。承天之庆，受福无疆。"这是最后一次祝辞，是赞美礼仪有序、有节，顺利完成，祝福礼仪的冠者、宾客都永享福寿。所以，饮酒礼仪中，随着礼器的不断呈上与更换，礼仪的时间不断被拉长，礼仪的内容也逐渐丰富。

酒礼器的功能与意义得以顺利添加的关键在于充分借助并突出"时间"的表意功能。首先，尊、盉、觚（爵）的组合，使礼仪被拆分成若干环节。尊用于盛水，盉用于和水，觚、爵用于饮水。尊器内的液体，先倒入盉中，在盉中轻轻晃动调和之后，再注入觚、爵之中。礼仪环节的增加，使礼仪的时间得以延续。同时，作为陶礼器代表的封口盉，封闭的流口也使得它能够方便地控制注水的速度，从而对礼仪中的时间加以控制。

二里头陶盉

（来源：中国社会科学院考古研究所《二里头陶器集粹》）

当器物之间的搭配关系建立之后，它作为个体所具备的功能与意义便被打破了，各个器物不再为展示自身而存在，这与专属礼器的表意方式恰恰是相反的。后者自身蕴含设计者所赋予的特定内涵，这一符号所传达的意义是完整的，只是蕴含在专属礼器特殊的造型之内，意义的解读处于期待当中；而日常礼器的形成，则需要破碎单件器物有限的功能属性，将不同器形的物体组合成为一个整体。新的整体如同复杂的结构一样，原有的单件器物在实现自身功能的同时，也表现出对其他部分的联系与关照。如尊虽为盛水之器，但也是仪式环节的开端，行礼人先倾倒尊器，将水注入盉中；封口盉为和水之器，有荡涤调和容器内液体的功能，同时也需将水再倾注入觚、爵之中，而觚、爵在承接水源之后，则被献上或呈给礼仪对象。在各个器物彼此衔接过程中，行礼人可通过控制时间的长短来控制礼仪的速度，从而营造出或急或缓的节奏感。对这种节奏的掌握是具有意义的，能表达礼仪所要传递的严肃或轻松的信息。因此，器物组合形成新的符号表意体系，它所能传递出的意义比单件器物符号所具有的功能更加丰富。以组合的方式调节时间，使仪式从一般性行为中特殊化，这是日常器物礼器化的方法，同时也蕴含着早期夏人将单个符号片段化，形成整体符号体系进行表意的思想。

对时间所拥有的表意能力的体认，在后来的礼仪活动中得以频繁的实践。根据时间的快慢，礼仪节奏可缓可急，可根据行礼人表意的要求进行调整，这是对时间意义的主动传达。如《礼记·儒行》："儒有衣冠中，动作慎。其大让如慢，小让如伪；大则如威，小则如愧。其难进而易退也。粥粥若无能也。其容貌有如此者。"对动作中时间快慢的掌握能反映行礼人的态度、情感。同样，观礼者也能根据对礼仪中时间信息的分析，实现礼仪意义的接受。如《礼记·檀弓》中孔子观礼："弁人有其母死而孺子泣者。孔子曰：'哀则哀矣，而难为继也。夫礼，为可传也，为可继也，故哭踊有节。'"孔颖达疏："夫圣人礼制，使后人可传可继，故制为哭踊之节，以中为度耳，岂可过甚，皆使后人不可传继乎？"孔子对孺子的批评，在于他哭泣的行为纯粹是由心而出，无意识的自然状态，忽视了对哭泣时间长短的把握，从而成为单纯的情感宣泄行为，不成为有意识的具有礼仪意义的表达活动，倘若这样的行为不加以批评或阻止，礼仪将无法从日常行为中被分别出来。因此，对时间主动的利用与有效的控制，是礼仪从日常行为中"特殊化"的必然途径，是礼仪生成的前提。

## （三）礼神类礼器

礼神类礼器是一种对运用范围进行严格限制的专属礼器，即它不进入日常生活的使用范畴，仅在祭祀等场合中使用，是国之重器。《诗经》中描写的礼神类礼器，多为玉质圭璋。《诗经·大雅·卷阿》："颙颙卬卬，如圭如璋，令闻令望。岂弟君子，四方为纲。"诗歌以圭璋之美，比喻君子品行之高洁。如《诗经·大雅·抑》："慎尔出话，敬尔威仪，无不柔嘉。白圭之玷，尚可磨也。斯言之玷，不可为也。"将白圭与人的言行联系起来，是以器喻人的实例。《诗经·大雅·云汉》："倬彼云汉,昭回于天。王曰:於乎!何辜今之人?天降丧乱,饥馑荐臻。靡神不举,靡爱斯牲。圭璧既卒,宁莫我听。"在这首诗歌里,圭璧是诗人用以祭祀天神之物。《诗经·大雅·崧高》:"王遣申伯,路车乘马。我图尔居,莫如南土。锡尔介圭,以作尔宝。往近王舅,南土是保。"介圭,是特殊的长圭,圭长有一尺二寸,不是一般诸侯所使用的玉圭。诸侯所用之圭,多在九寸以下。从《诗经》中频繁地对圭璋的记载来看,它已成为成熟的礼器,广泛进入贵族礼仪生活当中。圭璋,是历史最为悠久、应用最为广泛的礼器之一,多为玉石材质。《礼记·礼器》曰:"圭璋特。"孔颖达疏:"'圭璋特'者,'圭璋',玉中之贵也;'特'谓不用他物媲之也。诸侯朝王以圭,朝后执璋,表德特达不加物也。"在礼仪当中,像圭璋这样,以玉石制成,专门用于祭祀、朝会、交聘等场合的礼器,《周礼·春官宗伯·大宗伯》称为"六器":"以玉作六器,以礼天地四方:以苍璧礼天,以黄琮礼地,以青圭礼东方,以赤璋礼南方,以白琥礼西方,以玄璜礼北方。"除传统六器之外,考古遗址中还发现其他类型的玉礼器,如据中国科学院考古研究所的《偃师二里头——1959年—1978年考古发掘报告》,二里头共出土玉器1 202件。除玉璋、玉圭之外,还有玉柄形器、玉钺、玉刀、玉戈、兽面铜牌、玉管、玉铲、玉镯、玉尖形器、月牙形玉器、玉板和玉舌铃等16种。与饮食类礼器,如酒礼器不同的是,礼神类礼器不以系列的方式使用,而是单独呈上或单独使用。因此,有关"圭璋特"的解释当中,孔颖达特别强调,"'特'谓不用他物媲之也",

意思是不再配合其他器物联合使用。

除呈现方式上的区别以外，礼神类礼器还具有一个明显的特征，即外部造型与饮食类礼器截然不同。饮食类礼器如酒礼器等，是以日常用品为造型基础，虽常附以兽面纹、夔龙纹之类的装饰花纹，但基本器形清晰可辨，人们可以根据日常生活经验区分出该礼器的使用范围、使用方式及表达的内涵。然而，礼神类礼器的造型对于未接受过礼仪训练的普通大众而言却显得十分陌生，圭、璋、琥、璜等玉礼器，若非贵族士大夫，很难弄清楚它所包蕴的具体内涵、象征意义及使用方式。当这类礼器离开当时的礼仪环境之后，它的含义就完全晦暗不明了。圭璋的使用方式，直到三星堆出土执圭璋的小玉人后才为后世学者所真正了解，多数的礼神类礼器都只能从外部形态，如几何造型等给予命名，但对其使用方式及内涵已不太清楚了。过于特殊的造型，虽在一时因陌生化而特别突出，凸显了礼器的尊贵用途，但离开固定的人物与场域之后，这种造型就如同密码，将器物本身所携带的信息闭锁在内了。一个可资参考的例子是《左传·哀公十四年》中"孔子获麟"的故事：

> 十四年，春，西狩于大野，叔孙氏之车子鉏商获麟，以为不祥，以赐虞人。仲尼观之，曰："麟也。"然后取之。

麒麟是礼仪系统中难得一遇的祥瑞之兆，服虔注"获麟"

云："'麟，中央土兽，土为信。信，礼之子，修其母，致其子。视明礼修而麟至，思睿信立而白虎扰，言从乂成而神龟在沼，听聪知正则名川出龙，貌恭性仁则凤皇来仪。'又《毛诗传》云：'麟信而应礼。'又云：'驺虞，义兽，有至信之德则应之。'皆为以修母致子之义也。"麒麟不仅造型罕见，而且它所指向意义的丰富性更需要专门受训过且有丰富相关背景积累之人才能完全地获得。同样，对于礼神类礼器来说，它具有比日常礼器更为贵重的身份。《礼记》中记载："君子不鬻祭器，祭器不逾境。"它虽贵为重器，但也由于过分远离世俗，使得其意义具有被丢失和解构的危险。对此，古人并不是没有意识到。除了对贵族世子加强礼仪教化之外，他们还在各类文献上留下种种线索，为我们破解礼神类礼器的意义之谜，留下了一线可能。

饮食类礼器以系列、配伍的方式，充分运用了时间的表意功能，从而拉长了礼仪进行的时间，使得礼仪中的进退揖让都充满新的内涵。礼神类礼器则针对表意诉求能被顺利完成，利用了自身之外的空间，使其与自身融合为一个富于意义的礼仪场域。在《周礼》对六器的描述中，总是很注意表达六器与空间之间的关系："以玉作六器，以礼天地四方：以苍璧礼天，以黄琮礼地，以青圭礼东方，以赤璋礼南方，以白琥礼西方，以玄璜礼北方。"玉礼器是处于天地、四方之中，即上下、东西南北所圈定的场域内。又如，二里头遗址中礼神类礼器如玉圭、玉璋、玉璧等，使用方式多为"呈上"或"摆上"。《周礼·冬官·考工记·玉人》："镇圭尺有二寸，天子守之，命圭九寸，谓之桓圭，公守之。命圭七寸，谓之信圭，侯守之。命圭七寸，谓之躬圭，伯守之。"郑玄注："命圭者，王所命之圭也。朝觐执焉，居则守之。"朝觐执圭，是"呈上"之势，居则守之，则是将圭"置于"或"摆于"某处。相类似的记载还有《说文》："瑁，诸侯执圭朝天子，天子执玉以冒之。"在这里专属礼神类礼器圭、玉等均是以一种小心翼翼地被呈现的方式出现的，它占有一个独立的空间，这一空间对该礼器意义的表达起着十分重要的作用。

再如，在一个固定空间内礼神类礼器的摆放，《礼记·礼器》："天道至教，圣人至德。庙堂之上，罍尊在阼，牺尊在西。庙堂之下，县鼓在西，应鼓在东。……君西酌牺、象，夫人东酌罍尊。"这里提到的罍尊、牺尊、象尊，均为上古礼器。郑玄注："礼乐之器，尊西也。"《周礼·春官宗伯·司尊彝》："春祠、夏礿，裸用鸡彝、鸟彝，皆有舟。其朝践用两献尊，其再献用两象尊，皆有罍，诸臣之所酢也。"

如果深入地思考一下，可以看出，在礼器与空间之间，事实上构成了两条表达意义的线索，每件器物拥有自身的含义，而东南西北作为自然的结构，也凝聚着古人对其固定的观念，将各个礼器位于各方位之上，两者的含义则交相呼应，互相解释：从符号分类角度来看，礼器属于人为符号系统，空间方位则属于天然符号系统。由自然界冷、热、高、下的天然条件而形成阴、阳、主、从等主观感觉，逐渐形成尊、卑、强、弱等内涵，这是空间意义的生成。礼神类礼器因为不在日常生活中频繁使用，其意义内涵对于观礼者而言是相对陌生的，而将之置于相应的方位上，有助于借助广泛被知晓的空间意义，形成对该类礼器含义大致的、主导性的认识。

《礼记·曲礼》："执天子之器则上衡，国君则平衡，大夫则绥之，士则提之。……执主器，操币、圭、璧，则尚左手。"上、平、绥、提，代表空间高下的程度，以上为贵，以下为贱，身分左右，也有阴阳、强弱之别。因此，空间意义较为明显，在固定方位摆放的礼神类礼器，虽本身含义晦涩，但因空间意义的辅助与烘托，使观礼者能对其高卑贵贱的地位有一定的判断。这就是为什么考古工作者在进行考古发掘时，要非常注意保护遗址的层位关系，因为每一处空间都携带着丰富的信息，每一件出土文物如何摆位，决定着它的地位和价值。比如，从二里头遗址出土礼器的摆放位置来看，可分为两类：一为使用功能性放置，多用于装饰类礼器，如玉柄形器，它多用于佩戴，因此出土时位置多呈现于身体两侧，体现出与现实生活相符合的实用性原则，也可判断这类礼器多用于装饰行礼人，虽精美但地位不高；二为表意性放置，即有意识地对礼器摆放位置进行设计，使其起到传达意义的作用，具体方式是将方位与礼器互相对应。如三期墓葬VIKM3，该墓葬分为上、下两层，体现空间与意义空间尤为明显的是下层墓葬中祭祀品的摆放位置（如下图所示）：

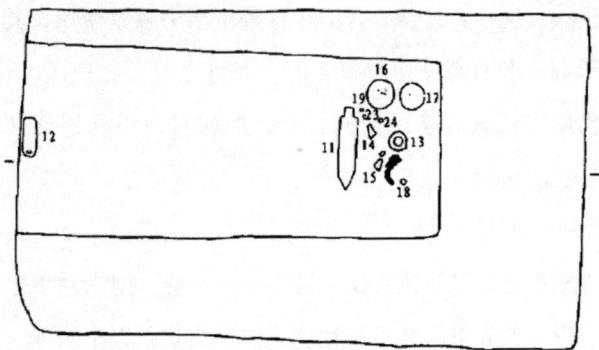

**VIKM3 墓葬下层祭祀品**

　　11. 玉戈　12. 玉铲　13. 玉璧戚　14、15. 绿松石三角饰

　　16、17. 铜圆形器　18. 骨串珠　19、23、24. 贝

下层墓葬中除玉铲外其他器物均集中置于墓葬北端，包括玉戈、玉璧戚及铜圆形器等。北端为墓葬空间中的尊贵位置，放置于此的器物体现出使用属性较弱，表意属性较强的倾向。玉铲虽为礼器，但在形制上与农具相近，对实用性脱离不充分，表意特征不明显，因此位于空间中的次级层面。

　　同时，当空间与礼器意义之间的搭配长期磨合得以稳定之后，这两者之间的关系便综合形成更为丰富而强大的意义网络，如《礼记·礼运》：

　　　　故祭帝于郊，所以定天位也；祀社于国，所以列地

　　利也；祖庙，所以本仁也；山川，所以傧鬼神也；五

祀，所以本事也。故宗祝在庙，三公在朝，三老在学，
王前巫而后史，卜筮瞽侑，皆在左右。王中，心无为
也，以守至正。

这种空间的布置与礼器的准确占位，最终的效果是使礼仪模拟出
某种"永在"状态，如稳定的宇宙存在形态。在这种重构当中，
礼仪也取得与模仿对象相似的永恒属性，从而获得自身的存在价
值。因此，在上古的礼制性建筑，如宫殿、宗庙、祭坛、墓葬当
中，都体现出"中心—四方"的结构样式，表现在平面上即呈现
出一种"九宫格"样式的剖面图。在这个封闭而聚合的场域之
内，四时轮回，阴阳更迭，人生命运、社会运转与宇宙规律相符
合，这是上古先民思想结构当中最为安全稳固、生生不息的结构
图式。

## （四）乐器类礼器

中国古人将礼仪的理想图式，以周公制礼作乐进行了诠释。
礼仪与音乐，在早期原本就处于一个统一的场域当中，但古人认
为这两者是共生的，双方的地位是一致的，不是单纯的以音乐烘
托礼仪，或以礼仪演绎音乐。正如中国古人将礼的内涵上升到宇
宙天地根本性质的层面一样，他们认为乐同样是天地万物存在的
另一种维度，是与礼相辅相成、和谐共生的。

　　早期的《乐经》，本为"六经"之一，可惜早已散佚。有关上古音乐理论的思想，被后学集中整理成为《乐记》一篇，收入《礼记》当中。很多学者认为这是汉代儒家尤其是荀子学派思想的集合。乐，被认为是天地之间自然流动的韵律，是气的运行之音，天生能感动人心，从内到外，潜移默化地滋养和陶冶人的性格，改变一地的民风、民俗，具有怡情、养性、团结人心的作用。如果礼是从外部规范人的行为，使人在外在呈现状态上脱离原始、自然属性，表现出文质彬彬，君子之风；那么乐则是从内部怡养人性，戒除浮躁，亲睦友善。因此"大乐与天地同和，大礼与天地同节"。礼别贵贱，乐和亲疏。倘若有礼无乐，则人心散；有乐无礼，则人心漫。在实际的礼仪场合中，乐确实是一个核心而重要的礼仪组成部分。《诗经·小雅·鹿鸣》：

　　　　呦呦鹿鸣，食野之苹。我有嘉宾，鼓瑟吹笙。

　　　　吹笙鼓簧，承筐是将。人之好我，示我周行。

　　　　呦呦鹿鸣，食野之蒿。我有嘉宾，德音孔昭。

　　　　视民不恌，君子是则是效。我有旨酒，嘉宾式燕

　　以敖。

　　　　呦呦鹿鸣，食野之芩。我有嘉宾，鼓瑟鼓琴。

　　　　鼓瑟鼓琴，和乐且湛。我有旨酒，以燕乐嘉宾

　　之心。

在这首节奏舒缓的诗歌当中，嘉宾前来，应行宾礼。在行礼过程中，一直德音缭绕，以喻宾主相见之愉、品行之美。乐器有管乐器笙、簧，有弦乐器瑟、琴，有打击乐器鼓。由于乐与礼的密切联系，乐器也成为礼器中重要的一类，是君子研习的对象之一，是礼仪生活中具有意味性与象征性的贵重器物。

《乐记》中记载的传统乐器有：鼗、鼓、椌、楬、埙、篪。这六种乐器所奏之音被认为是"德音"。因为这六种乐器发音质朴，声音低沉，不事张扬，故与道德之音同。通俗地讲，这六器之音类似于今天乐器上的低声部，雄浑有力，是最早的乐器类礼器。鼗，是两边缀有灵活小耳的小鼓，有柄，摆动时击打发声，类似拨浪鼓。郑玄注释："鼗，如鼓而小，持其柄摇之，旁耳还自击。"鼓，是较为普及的打击乐器，有石鼓、铜鼓、木鼓等多种，在乐曲中有突出节奏的作用。椌，古代的一种打击乐器，类似木匣子，敲击发声。郑玄注释："椌，状如漆筒，中有椎。"楬，又名敔，是一种状如伏虎的打击乐器，以竹条刮奏，多用于宫廷雅乐，表示乐曲的终结。《诗经·周颂·有瞽》郑玄注："敔，状如伏虎，背上有二十四龃龉。"埙，是一种圆形或椭圆形的吹奏乐器，多为陶制，早期的埙有六孔，后逐渐增加。"埙，烧土为之，大如雁卵。"篪，是一种古老的吹奏乐器，有七孔或八孔，"篪，七室"。以上乐器，除埙、篪外，多为打击乐，古人已经意识到打击乐无明显的音阶区分，表现形式较为固定："鼓，革也。椌，楬，木也。其声质素，故周语单穆公云：'革木一声。'""一声"

的意思是，无宫商之清浊。因此，光有德音，不足成乐，所以又要以钟、磬、竽、瑟和之。以后四者，是华美之声，配合之前六类乐器的素朴之音，正是文质和谐。钟声，铿锵之声也。"钟声铿，铿以立号，号以立横，横以立武。君子听钟声，则思武臣。"金钟之声，铿铿然也，是坚强刚劲之声。以钟声为战场号声，人闻此声，则充满壮气，愿意沙场出征，建功立业。磬声，清越之声。磬多为石制或玉制，在乐曲每小节结束部分敲击，其音清而悠扬，穿透力强，因此在众声音当中，特别容易被识别出来。所以"石声磬，磬以立辨"。竽，竹制吹奏乐器，除竽之外，笙、箫、管都属此类，竹制乐器发声，先聚合空气在竹筒中央，再破而发音，有聚揽之意："竹声揽然有积聚之意也"，因此最能聚合民众。"君子听竽笙箫管之声，则思畜聚之臣。"瑟，弦乐器，古人以琴瑟泛指弦乐器，弦细如丝，故又称丝弦乐器。声音哀怨、婉转微妙，善于表现细腻柔和的情感，所以"君子听琴瑟之声，则思志义之臣"。志义之臣，舍生取义，悲壮哀怨，正与凄婉的丝弦之乐相符。

　　鼗、鼓、椌、楬、埙、篪六乐器，调式深沉简单，为大德之音；钟、磬、竽、瑟，散为五音，入喜、怒、哀、乐之情。君子听乐，不是单纯听音，"非听其铿锵而已也，彼亦有所合之也"。就是要从乐音中找到情绪的宣泄口，同时涤清思绪、振奋志气、协同人心、移风易俗，进入与天地合二为一的和谐共振当中。

## （五）《楚辞》与南方礼器

《楚辞》以瑰丽的想象与自由灵动的文字，勾勒出生活在长江以南地区先民高洁的心灵、澎湃的热情和神秘的礼俗。流传在南部的礼俗，与中原比较，保留了相对较多的原生特色。与之相应的，运用在礼仪中的南方礼器，造型细腻逼真，想象丰富奇崛，如国宝级文物四羊方尊一直是青铜艺术登峰造极的代表之作。2014 年 3 月，湖南博物馆向佳士得博物馆重金购回青铜皿方罍器身，与本馆所藏器盖"合二为一"。自此，南方青铜礼器再次引起社会的广泛关注，其背后所蕴含的上古南方文明也成为学界新瞩目的焦点。

翻阅整本《楚辞》，与《诗经》不同的是，《楚辞》始终洋溢着水乡泽国、天上人间、深林幽谷的自然环境气息，这与《诗经》中贵族们雍容中正的仪态、清庙弦歌的典雅、民间质朴真诚的吟咏形成了鲜明的对比。《楚辞》是一个落魄诗人的独白诗，他的世界是向内的，因为对身外的社会现实感到失望，进而通过感知幻觉为自身营造了一个奇幻迷离的境域；《诗经》则是人群、宗族和集团的诗歌，是大众的心声，是群体的共鸣，是一种共同的生活、情感写照，是人间生活的如实反映。因此学界认定《楚辞》是浪漫主义文学的起源，而《诗经》则开辟了现实主义的作风，事实上，这种风格的划分正是针对两者截然不同的写作对象与情感诉求而来的。因此，在《楚辞》中表达的礼仪也与《诗经》不尽相同。《诗经》可谓是"两周诗史"，有"以诗证史"的现实意义，在"三礼"中记录的礼仪，多能在《诗经》中得到反映和补足。《楚辞》中的礼仪则更能体现湘山楚水之间的原生态的民俗状态，去意识形态化的礼仪程式。这种以原始巫仪为基础的礼仪，与西周社会所建立起来的条秩序、别贵贱、分等级的礼制体系有所不同。前者更关注通过礼仪的方式完成对人有限性的超越，沟通天地，人神以和，引导人进入更为自由的空间。因此，《楚辞》礼仪中所描写的礼器与《诗经》迥异，后者有明显的礼器类型划分，有对礼器使用场合的描述和对礼器意义的解释，而《楚辞》中并未明显提及具有礼制色彩与象征含义的礼器符号，取而代之的，是全卷随处可见的诗人之佩饰，或玉珏，或长剑，或自然之芳草花木。"高余冠之岌岌兮，长余佩之陆离"，"制芰荷以为衣兮，集芙蓉以为裳"。从礼器的角度衡量，《楚辞》中的礼器虽非青铜大鼎、国家重器，但仍携带着以器喻人、使人成器的基本观念，即使是春兰秋桂、珠玉琳琅，都象征着所归属之人品质高洁，情操脱俗，也起着引导诗人绝世离尘，遁入天境的中介作用。从这个意义上讲，《楚辞》中的礼器，属于自然类礼器形态，楚人崇尚自然，与天地合二为一的审美追求，在礼器的塑造上体现得格外突出。

虽然《楚辞》中对于礼器的描述，不如《诗经》那样频繁，但这并不代表楚地礼器实物的匮乏。相反，越来越多的考古发现，使我

们意识到沿长江流域的南方地区是
我国上古时期一个重要的青铜礼器
文明中心之一，在此地发现的青
铜礼器，虽未为《楚辞》所记载，
但体现出来的特征，却与《楚辞》
中对自然类礼器的认知相仿。

南方青铜礼器精品简介：

（1）商代人面纹铜鼎：1959
年湖南宁乡县出土，器高 38.5 厘

**商代人面纹铜鼎**

（来源：湖南博物馆藏）

米，口长 29.8 厘米，口宽 23.7 厘米。鼎为上古的炊具，多用于煮
食肉类祭祀品。本件器物的独特之处在于器身的腹部有四个浮雕的
人面，浓眉、大眼、颧骨突出、高鼻梁，表情庄重。在人面四周有
曲折的兽角，整体器物表现出写实与象征相结合的风格。

（2）商代四羊方尊：1938 年
湖南宁乡县出土。属商代晚期青铜
礼器，是中国目前保存的商代青铜
方尊中最大的一件，其边长 52.4
厘米，高 58.3 厘米，重 34.5 公斤。
长颈，高圈足。颈部装饰为蕉叶
纹，器物最显著的特征是在器身扉
棱处装饰四个卷角羊头，羊蹄延伸

**商代四羊方尊**

（来源：国家博物馆藏）

至器足。整体造型庄重典雅，自然生动，构思新颖别致。

（3）商代虎食人卣：相传出土于湖南宁乡一带。本器物现有两件，一件藏于法国巴黎市立东方美术馆，一件藏于日本泉屋博物馆。其中以日本泉屋博物馆所藏较著名，高35.7厘米，重5.09公斤。卣是盛酒器，本件器物器身为一只张开大口的老虎，虎爪前抱一人，虎尾及虎足构成器足，立意奇特，反映出商人以虎为图腾，祈求接受强大自然灵物保护，与自然界和谐统一的思想。

**商代虎食人卣**

（来源：日本泉屋博物馆藏）

（4）商代夔纹子母象尊：藏于美国弗利尔美术馆的夔纹子母象尊，是商周诸多象尊中较有代表性的一件。此器物据说出土于湖南。器身丰满，形象逼真，象鼻高高卷起，形象地成为尊器的导流口，四条象腿构成器足，

**商代夔纹子母象尊**

（来源：美国弗利尔美术馆藏）

器身上饰以夔纹，在象尊背上注水的器盖上，还饰以一头小象，生动地构成大象背小象的造型，小象同时具有盖纽的作用。整件

器物造型天真活泼，形象突出。

南方礼器的造型特色：

从上述几件典型的商代青铜礼器中，可以看出在中国中南部地区湖南一带，流传着与中原地区较为迥异的审美传统。在青铜礼器制造上，该地区更加注重从现实中寻找原型，巧妙地改造了中原礼器至高无上、令人望而生畏的审美风格。青铜尊器是本区域出土较多，具有典型代表性的礼器类型。从对尊器的研究上，我们可以深入地了解上古南方文明中独特与新颖的一面，进而了解使用该类礼器的南方礼仪具有怎样的特征与内涵。

尊器，是一种古老的盛酒器。从陶器时代到铜器时代，尊器都拥有礼器身份，同时，尊器也是古人最早进行命名的一类礼器。《周礼·春官宗伯·司尊彝》有"六尊六彝"之说。六尊为"献尊、象尊、著尊、壶尊、大尊、山尊"，六彝为"鸡彝、鸟彝、斝彝、黄彝、虎彝、蜼彝"，尊彝故而成为礼器的通名。在古老礼书的记载当中，尊彝多有以动物为造型的。由于缺乏考古出土的事实，这类动物尊彝仅存在于学者的想象当中。

郑玄对献尊、象尊的解释为："献，读为牺。牺尊，饰以翡翠。象尊以象凤凰。或曰以象骨饰尊。"宋代聂崇义《新定三礼图》因循郑说，在牺、象之尊上饰以牺、象之形。

**献尊**

［来源：（宋）聂崇义《新定三礼图》］

郑玄及聂崇义对"献尊、象尊"形象的判断显然是未见古器实物的一种臆测，这种想象的偏颇在面对真实器物时得到了纠正，《梁书·卷五十·刘杳传》："杳曰：'……古者尊彝皆刻木为鸟兽，凿顶及背以出内酒。顷魏世鲁郡地中，得齐大夫子尾送女器，有牺尊，作牺牛形。晋永嘉中，贼曹嶷于青州发齐景公冢，又得二尊，形亦为牛象。二处皆古之遗器，知非虚也。'"从郑、聂对动物形尊的误解及梁书刘杳辨误可知：①此类铜器存世数量较少，故在汉、宋时不易得见。②动物形尊造型风格迥异，且流行时间较短，集中于商、周时期。此后便逐渐淡出常见礼器系统，被作为古器看待。③从传世文献的记载来看，牺尊、象尊等动物形尊曾在上古礼制中屡被提及，担任过重要礼仪角色，但此后便逐渐被取代。

古籍中有关动物形尊罕见的例子，也为实际考古出土情况所证实。从现今出土殷周青铜器及历代著录铜器情况来看，在尊器当中，商代早期以大口尊为主，晚期并入动物形尊；西周以瓠体尊为主，并配合一定数量的动物形尊。商、周二朝动物形尊在尊器总量中的比例并不大，无论是传世文献的记录，或出土文物的实际情况均是如此。《西清古鉴》中记录内府所藏周代尊器共158件，其中动物形尊器21件（象尊2、牺尊15、鸡尊2、凫尊2）；容庚《商周彝器通考》记录圈足类尊器43件，同期动物形尊多为鸮尊，仅6件；著录西周时期瓠体尊共15件，同期动物形尊仅2件（分别为鸮尊与鸟尊）。就出土铜器的情况来看，动物形尊主要为商代晚期器物，分布地域为河南、湖南，尤以湖南为重。

### 商代动物形尊分布情况表

| 铜器名称 | 出土地点 | 器物年代 |
|---|---|---|
| 鸮尊 | 安阳妇好墓 | 商代后期 |
| 鱼纹圆尊 | 岳阳县鲇鱼山 | 商代晚期 |
| 象尊 | 醴陵仙霞狮形山 | 商代晚期 |
| 两羊尊（现藏日本根津美术馆） | 传出自长沙跳马涧 | 商代晚期 |
| 两羊尊（现藏大英博物馆） | 长江流域中部地区 | 商代晚期 |
| 子母象尊（现藏美国弗利尔美术馆） | 传出自湖南 | 商代晚期 |
| 象尊（现藏法国吉美博物馆） | 传出自湖南长沙 | 商末周初 |

从地区分布来看，动物形尊出土最多的地区为湖南一带："从商代晚期的动物形尊在中原地区的使用种类来看，似乎并不像湖南地区使用得那么多。从目前的考古发现来看，在安阳殷墟及中原地区只有鸮尊出土，未见其他动物造型的尊出土，在湖南地区则有象尊、豕尊、双羊尊等其他动物造型的尊出土。"① 基于这一情况，有研究者认为，动物形尊是湖南地区特有的青铜器铸造现象，它的出现是中原先进铸铜技术与当地审美传统相结合的产物。那么，湖南一带流行着怎样的审美风尚呢？回溯到《楚辞》当中，虽然《楚辞》出现的年代晚于青铜器鼎盛的商、周时代，但诗篇中记录的风土人情却从古而来，一以贯之。《楚辞》中对自然界强烈的感受力、朴素天然的礼仪形式与礼器风格，似乎都与该地区实际出土的青铜礼器情况一脉相承，互为呼应。

在《楚辞》当中，没有对爵、斝、盉、觯、尊、彝、圭璋等的记载，也没有宴饮和乐、宗庙祭祀的场面，《楚辞》中的礼器或拥有玉石高洁之质，或带着草木自然之姿，以此为敬，祀奉天地鬼神，彰明诗人之志。从礼器的形态上可以显示出楚地礼仪形式自由、较为朴素的形态特征，这也在商、周时期湖南一带出土青铜礼器的使用方式的研究上得以确认。

湖南地区青铜兽尊多出土于山林川泽之间，同时往往独立被发现，不与其他器物联合出土。如湖南醴陵出土的象尊："器物

---

① 周亚：《论法国吉美博物馆收藏的象尊》，《上海文博论丛》2004 年第 2 期。

出土在距山顶 10 多米的山坡上，离地面 15 厘米左右。经实地调查，未发现同时期的文化遗物和地层关系。但根据象尊出土的位置和有关情况分析，可能是属于当时奴隶主贵族祭祀名山、湖泊、河川时掩埋的器物。"① 又如衡阳出土的青铜牺尊："牺尊出土于距市区约 3 公里的包家台子，台子东西长约 200 米，南北宽约 100 米，地势较周围高约 1.5 米。牺尊埋在地下约 1 米深的黑褐色土中，周围未发现古墓葬痕迹，也无其他文化遗物。牺尊头部朝东，距蒸水河的辖神渡口约 1 000 米，很可能是当时奴隶主贵族祭祀山川时有意掩埋的。"② 湘潭县出土的商代豕尊："豕尊距现在地表 1.5 米左右，周围为径约 1 米的圆坑，器物置于圆坑底部，坑内填满疏松的山沙。同湖南出土的大多数商周青铜器一样，没有共存的遗物。"③ 从上述特征可见，此地青铜兽尊是被单独使用在对山林、川泽神灵的祭祀当中的，起着牺牲的作用，充当着一种长久而稳定的祭祀品，献祭山神、水神，以求风调雨顺、四时和谐。

南方地区的青铜礼器，事实上多数是牺牲的替身，起着祭祀品的作用。同时，南方一带的礼仪也多是祭祀与自然风貌相关的

---

① 熊传薪：《湖南醴陵发现商代象尊》，湖南省博物馆编：《湖南出土殷商西周青铜器》，长沙：岳麓书社，2007 年，第 108 页。

② 冯玉辉：《湖南衡阳市郊发现青铜牺尊》，湖南省博物馆编：《湖南出土殷商西周青铜器》，长沙：岳麓书社，2007 年，第 110 页。

③ 何介钧：《湘潭县出土商代豕尊》，湖南省博物馆编：《湖南出土殷商西周青铜器》，长沙：岳麓书社，2007 年，第 115 页。

事物。这使我们联想起《楚辞》当中对风云雷电、日月星辰、神灵的叙述与颂赞。如果对比同期南北礼仪体系，南方礼仪建立在人与自然的关系之上，个人孤身面对神秘莫测的宇宙万物，并试图在自我与外界之间建立联系，然而，自然界无法直接回应并满足个人的要求，因此需要以献出牺牲的方式换得未知世界的回应。北方，更确切地说，是黄河一带中原文明圈的礼仪体系，此时已走过了漫长的自然礼仪阶段，进入到宗族、群体礼仪体系当中。在这个礼仪系统中，人对自身的存在，已不像之前那样充满生存的战栗感与危机感，个人与群体的关系更加密切，他更希望能在群体中确定自己的位置和身份，借着强大的族群力量实现自身的价值。因此，配伍组合的礼器将更多人、更多环节容纳进入礼仪当中，宴饮礼、宗庙礼、冠礼、婚礼等社会礼仪日益发达，从而改变了社会面貌，进入到形式化与仪式化的阶段。当然，南北礼仪的差异与南北二地不同的自然环境和人文传统有着十分密切的联系。

以祭祀品为主要功能担当的南方礼器，事实上还隐藏着悠久的人类学传统，即礼仪当中的"礼物"传统。法国人类学家马塞尔·莫斯在考察人类礼仪、道德等上层建筑的起源时，曾经追溯了一种古老的交换关系——人与灵力世界的交换与沟通，为了生存需要及繁衍、壮大的要求，人必须向灵力世界献祭，建立起"报—答"关系，一定时期内固定的献祭使得人神沟通变得合理，人的要求与神的回报通过祭祀品联系起来。这种祭祀品，就是礼品的雏形。这种献祭，事实上是为了确立一种交换关系：即以礼物为中介换来神灵的回报，在不同类型的原始社会时期成为一种共通的认识法则："人们最早与之具有契约关系的一类存在者首先是亡灵和诸神。人们不得不与之订约，而且，就其定义而言，之所以有这二者，就是为了人们能够与之订立契约。的确，它们才是世界上的事物与财富的真正所有者。与它们交换是当务之急，不与它们交换便可能大难临头。"①

在礼制产生的早期，献祭在各个文化圈内普遍地存在着。值得注意的是，除以真实牺牲进行的祭祀外，在中国境内，很早就出现了以泥塑动物进行献祭的现象。湖北天门石家河邓家湾遗址出土了数以千件的陶塑小动物，分为兽类和禽类，另有少量人形塑像，该遗址是新石器时代龙山文化后期遗存，为公元前2500年至公元前2200年之间，属于铜、石并用时代，并开始了最初的铜器制作。石家河遗址中出土的数以千计的陶塑小动物造型正是"礼物"观点的有力印证：它可能是长江中游地区某种祭祀礼品的集中手工业生产中心。"石家河的陶塑品非常集中地出在邓家湾的一个地方，灰坑中的陶塑品的数量又非常巨大，说明当时小陶塑品的制作已达到相当大的规模，……许多陶塑品的造型几乎完全一样，人们生产这么多相同的产品，当然不是为了自我欣

---

① ［法］马塞尔·莫斯著，汲喆译：《礼物：古式社会中交换的形式与理由》，上海：上海人民出版社，2002年，第25页。

赏，也不可能像普通实用陶器那样大量留作本族自用，目的是很明确的，就是为了交换。在江汉地区乃至中原同时期的遗址中，发现的那些泥塑人和小动物，和邓家湾所出的完全一样，很可能正是这种交换的结果。"① 石家河的例子说明，陶塑小动物造型器物大规模、集中化地生产，代表本阶段形成了以物质"替身"献祭的风气。或许是出于经济成本的考虑（动物塑像显然比实物成本更低），或许是出于祭祀品品质的要求（动物塑像不易腐坏、保存时间更长），但手段的不同都不影响它作为"交换品——礼物"的唯一身份。

在商代中心文化强势地带——河南一带，也曾出现过青铜兽尊，如安阳殷墟妇好墓中出土鸮尊一件（如右图所示）。但是，与湖南一地出土的青铜兽尊相比，两者之间还是具有显著的差异。商晚期湖南地区所出土的动物形尊，受史前长江流域动物造型传统的综合影响。首先，从动物类型选择来讲，湘地所出土的该类尊器主要为牛尊、猪尊与象尊。前两者为家畜类，后者为

**鸮尊**

（来源：容庚《商周彝器通考》）

---

① 张绪球：《石家河文化的陶塑品》，《江汉考古》1991 年第 6 期。

该地区较常见的野生动物，"亚洲象的南迁大致可分以下几个阶段：最初移至淮河流域，然后移到长江以南，最后越过南岭"①。上述三者普遍被视为财富与私有物品，牛、羊的数量是判断农业家庭是否富裕的标志；象骨和象牙是珍贵的原材料，古人常用其制作精美的工艺品与宗教礼仪用品，在三星堆的祭祀坑中就有大量的象牙出土。同时，牛、羊、象在殷商晚期均接受过驯化，牛、羊的养殖自新石器时代晚期已开始，商代中国境内的象为亚洲象，该象种较为温顺且容易驯养，商代甲骨文当中已有关于驯化象的记载："其中（甲骨文）还有许多关于驯养象的记载，如'贞令象若''象令从侯'等，意思是贞（贞人）问指挥象是否顺利。这些使用象的卜辞告诉我们，当时不仅有野生象，而且有捉住野象并加以驯养的情况。"② 这样，牛、猪、象均为当时商人熟悉的物种，是商人日常生活的所有品，商人对其具有"物主"的支配关系。从功能上看，湖南地区青铜器尊多用于祭祀，尤其是在对山林川泽的祭祀中，如前述湖南醴陵象尊、衡阳青铜牺尊。从上述特征可见，除材质有所区别之外，湖南兽尊在造型原则与使用场合两方面均与史前长江流域动物形器保持一致，这说明两者在属性上的一致性——均为祭祀品。同时，兽尊多使用在对自然神的祭祀当中，以求得山川河泽的庇护，这种礼仪承袭史

---

① 李浩：《亚洲象在黄河流域生活过吗?》，《大自然》2011 年第 6 期，第 35 页。
② 李浩：《亚洲象在黄河流域生活过吗?》，《大自然》2011 年第 6 期，第 35 页。

前礼仪中"交易"的基本原则，它所参与的礼仪带有"报—答"性质。从《礼记·郊特牲》的记载来看，古人已认识到这是早期礼仪的突出特色：

> 社，所以神地之道也，地载万物，天垂象，取财于地，取法于天，是以尊天而亲地也，故教民美报焉。家主中霤而国主社，示本也。唯为社事，单出里；唯为社田，国人毕作；唯社，丘乘共粢盛，所以报本反始也。

然而，中原地区出土的兽尊则与之不同。鸮尊是商代安阳地区妇好墓中出土的兽尊，与南方所出土的动物形尊一样，它也采用动物为造型对象。然而，与湖南地区兽尊通常铸造的猪、牛、羊、象不同的是，它将本民族的图腾物"鸮"作为表现对象："殷墟所出的大批鸱鸮文物，可以看作太阳崇拜或图腾崇拜的产物。……在殷墟时期，这种鸱鸮崇拜达到非常隆盛的地步。"① 对家畜类动物或对图腾类动物的选择，虽都是以动物为主题进行器物造型，但体现的意义与器物属性却大相径庭。南方兽尊以写实性表达物体自身，铜牛、猪、象等是其现实实体的写照，含义比较单纯，具有"替身"与"交换品"的意义；鸮作为中原商民族

---

① 王小盾：《中国早期思想与符号研究：关于四神的起源及其体系形成》（下册），上海：上海人民出版社，2007 年，第 544 – 545 页。

的图腾，它以尊的形式埋藏在墓中，其属性不是祭祀品，而是随葬品，殷墟出土的鸮尊则在动物的自然属性之外进行了意义添加。对于商人来讲，鸮具有"光明"的含义："商民族正是崇拜太阳、以玄鸟为图腾的民族。'玄鸟生商'的神话，就其内涵看，也可以称作'太阳生商'的神话，因为其中的鸟崇拜是同太阳崇拜合一的。"① 玄鸟，即指鸱鸮。鸮尊与其他鸮形陪葬物，如殷墟玉鸮一起置于妇好墓，既象征着作为商王武丁之妻的妇好在世所拥有的荣誉与权力，是一种王权与至高地位的标志物，又作为冥间指引死者进入光明世界的导引物，具有辟除黑暗与死亡的神力。鸮意义的生成，是从它的自然性——夜行飞鸟，引申到之后的象征义——黑夜使者，因此它具有了自然与人为两层信息，其所携带的意义较之南方的兽尊更为丰富了。换言之，长江流域出土的动物形尊仅是器物，最多可当作礼物，而殷墟鸮尊则修改了兽尊原有的单纯性，使之成为一个精神化与象征化的符号。从这一点来看，有学者认为商代南方器物多突出造型，这反映了表现领域内的初级阶段："造型是形式表现中第一位的要素，也是层次最低的一个因素。湘江下游的青铜器显然处于造型表现为主的阶段。与中原青铜器处于纹饰、造型并重，或以纹饰表现为主的阶段，有明显差别。在更深的层次上，二者体现着文化发展水平

---

① 胡厚宣：《楚民族源流考》，王小盾：《中国早期思想与符号研究：关于四神的起源及其体系形成》（下册），上海：上海人民出版社，2007年，第544页。

上的差异。湘江下游地区发展水平低于中原地区，它们的拥有者应当是土著而不是商人。"①

是否能以造型的逼真度判断一种文明形态的进步程度呢？的确，抽象艺术较之具象艺术，纯粹符号化的特征更加明显，所携带的意义信息更为广泛。湖南一带器物的原始、自然形态，虽流露出该地域相对的封闭性，但在这个文化圈中，却酿成了一种自成体系、独具特色的礼仪制度、审美风尚和文化传统。在这个文化圈中，青铜器铸造者与欣赏者怀着强烈的文化自信打造本土特色的礼器："在南方，从器壁四角突起的四个大山羊代替了安阳方尊肩上四个姿态雅致的小鸟，这种做法一方面显示出南方铸工无视于安阳铸铜作坊微妙的建筑般造型审美，同时也表现了他们对动物雕塑的强烈兴趣。这件精美非凡的器物证实湖南的铸铜业对于安阳最新出现的浮雕纹饰风格和器形设计有着充分的了解，但在器物设计上自己极具创造性，工艺上也与安阳的最高水平相当。"② 这反映出荆楚文化与中原文明在进行缓慢的交流，在技术层面，对强势文化的吸收和采纳是被接受的，但在思想、信仰和审美层面，地域文明仍然保有自身强大的生命力和个性。因此，《楚辞》中的吟唱，既带有中原儒家忠君报国、舍生取义的主流

———

① 黄曲：《湘江下游商代"混合型"青铜器问题之我见》，湖南省博物馆编：《湖南出土殷商西周青铜器》，长沙：岳麓书社，2007年，第530－531页。

② ［美］贝格立著，任汝译：《长江流域青铜器与商代考古》，湖南省博物馆编：《湖南出土殷商西周青铜器》，长沙：岳麓书社，2007年，第300页。

内涵，又独特地反映了荆楚时人浪漫的情怀、独特的生命意识，显示出本地区文化的共性与特性。

礼仪中的礼器是保存古代礼仪信息的重要物质载体，也是今人想见古礼的真实凭证。从更深层的意义上看，礼器凝聚着古人对物质与精神之间关系的独特看法。《礼记·礼器》解题："以其记礼，使人成器。孔子谓子贡瑚琏之器是也。"成为物品的器，周到圆满，意味着物质本身的价值终于得以实现。因此，成器，有功劳达成、期望实现的含义，用以喻人，则意味着人的道德、品行、学识等方面趋于完善，成器又有成才之意。同时，儒家又提倡"君子不器"：器，终究拘泥于固定的材料、形式，处于被塑造的、不自由的境地，君子在习得一切知识、教养之后，不应禁锢于此，而应进行超越，从方寸之境进入自由的空间里。因此，需先成器，再打破器的束缚。在这一思想影响下，礼器既可以是国家重器，君子"不逾境"，又可以是一个纯粹的符号，器以质轻质小为尚。贯穿礼器的礼仪，既是经世治国、为人修身的大本大纲，又可以内化于国家与个人的行为之间，圣人垂衣襟而天下治，君子怡性情于天地之间。从有形入无形，从有序到空灵，这是礼器本身的一立一破带给行礼者、观礼者和参与者的重要启示。

# 六、诗歌与四时礼俗

在《诗经》当中,我们看到的除了上古生活的方方面面,如男女相恋、夫妻相处、宗庙祭祀、宴饮和乐等场面之外,还有一个重要的方面值得引起关注,那就是人与世界之间的关系。作为一个行动者,人走入这个世界,环绕在他周围的是日月星辰、昼夜更迭、四时交替、时光流逝、生命轮回;在这种生生不息的宇宙节奏中,《诗经》中的诗歌迸发出了深沉的生命意识和经久不衰的柔情,对于诗人所生活的土地、时空、环境,《诗经》都传递出浓郁的归属气息。在《楚辞》当中,同样也流露出对于身外世界强烈的关注与眷恋,当孤独的云游诗人穿行于山林川泽之间时,那些星汉灿烂的苍穹、春秋荣枯的草木、东南西北四方的传说与物候,都成为他的倾听者与安慰者。上古诗人与自然之间的深厚情感,不仅是个人的,也沉淀成为集体的共识,以礼仪的方式轮回上演,滋养和慰藉着中国人的心灵。透过诗歌的吟唱、礼仪的运行,我们能发现古人曾经的痕迹如何清晰而长久地镌刻在这片土地之上。

## （一）春季诗歌与籍田礼仪

《诗经·豳风·七月》是记载一年之中农事活动最为完整的一首诗歌，描绘了旧时女子四季农耕生活的各种细节，其中也透露出四时礼仪的情形。春季时分："春日载阳，有鸣仓庚。女执懿筐，遵彼微行，爰求柔桑。春日迟迟，采蘩祁祁。女心伤悲，殆及公子同归。"春季，对于女子来讲，最重要的劳作活动是采桑养蚕。"蚕月条桑，取彼斧斨，以伐远扬，猗彼女桑。"春季阳气升发，万物萌生，女子心生伤感，为自己寻觅归属而忧愁。《诗经》的注释者解释，春季是纯阳之季，女子属阴，而男子属阳，因此，女子自然要寻找阳气充溢的男子，以符合天然、人性之需。然而此时此刻，桑叶萌出，采桑事重，养蚕功多，因此女子不得不在觅偶和劳动之间选择后者，故而为自身前途担忧，为天性所受压迫而悲伤。由此可见，春季是劳作之季，是一年中需要倍加辛勤耕作的季节。春季劳动的重要性与紧张性也为《诗经·周颂·载芟》所印证：

> 载芟载柞，其耕泽泽。千耦其耘，徂隰徂畛。
>
> 侯主侯伯，侯亚侯旅，侯强侯以。
>
> 有嗿其馌，思媚其妇，有依其士。
>
> 有略其耜，俶载南亩。播厥百谷，实函斯活。

驿驿其达，有厌其杰，厌厌其苗，绵绵其麃。

载获济济，有实其积，万亿及秭。

为酒为醴，烝畀祖妣，以洽百礼。

有飶其香，邦家之光。有椒其馨，胡考之宁。

匪且有且，匪今斯今，振古如兹。

　　这是一首描写从春到冬的农事诗歌。春季勤劳地除草翻土，播撒百谷，禾苗长得秀美茂盛，到秋季才能结出累累果实。收获的粮食在冬季酿成美酒，举行祭祀礼和飨宴礼，敬祖先神灵，宴兄弟族人，一年的辛苦劳作终于换来家庭和睦富足、繁衍壮大。《七月》是普通百姓的生活写照，《载芟》是描写贵族生活的诗歌。无论是平民还是贵族，春播秋收，都是古老农业社会的工作法则。然而，贵族不会在春季亲自参与繁重的农事活动，但又为了体现对这一季节劳动的重视，因此，上层阶级会在春季举行一项特殊的礼仪——籍田礼，来达到劝农、勉农的目的。

　　在《毛诗注疏》中，对《载芟》一诗的解释为："《诗经·周颂·载芟》诗者，春籍田而祈社稷之乐歌也。"说明这首诗歌是在举行籍田礼，祈求社稷带来丰收时所使用的诗篇。籍田礼相传起源于周代："谓周公、成王太平之时，王者于春时亲耕籍田，以劝农业。"平时养尊处优的天子或王公在春季亲耕于田野，有重视农业、鼓励农耕的意思。《礼记·月令》："乃择元辰，天子亲载耒耜，措之于参保介之御间。"耒耜，是一种翻土工具。耒是耒耜的柄，耜是柄下端的起土部分，是一种节省劳力的工具。天子亲耕只是一种象征意义上的劳动，籍田之籍，意思是"借"，天子躬耕，仅是做个样子而已："天子三推，三公五推，卿、诸侯九推，庶人终于千亩。"所以，籍有借力之意，"王一耕之，而使庶人芸芋终之"。天子亲耕只是象征性与表率性的，同时，籍田又代表天子的专属之地，虽然普天之下，莫非王土，但籍田是天子专享的，是皇家用地，"天子籍田千亩"，"自天子三推以下，示有恭敬鬼神之法"，天子在自家地上象征性躬耕，有自产自收、自给自足之意。在天子之田中出产的谷物专为他本人食用以及祭祀鬼神之用。在平常日子里，天子的籍田之上，有"胥三十人，徒三百人"，而耘耕于王之籍田。籍田礼一般和社稷礼结合在一起，籍田礼毕之后，天子又到社稷祈求丰年，《礼记·月令》："孟春，天子躬耕帝籍。仲春，择元日命民社。"天子在孟春行籍田礼，在仲春行社稷礼，两者时间不同。行社稷礼时，要以飞禽为祭祀品，同时，天子行社稷礼，需先立社，即立土地神。天子需立二社，《礼记·祭法》："王为群姓立社，曰太社。王自为立社，曰王社。"太社为群姓所立，也就是为天下百姓所立，因此天子在行籍田礼后，先祭祀太社，以求国泰民安，风调雨顺。

**太岁庙打牛**

（来源：金沛霖《图说中华民俗》）

## （二）诗歌中的星象与旧俗

《诗经·豳风·七月》中反复吟咏"七月流火，九月授衣"，分别记载了初秋与晚秋的物候特征，《毛传》："七月流火，火，大火也，流，下也。""九月霜始降，妇功成，可以授冬衣矣。"农历七月，夏末秋初，寒暑更迭；农历九月，秋去冬来，阴阳轮回。在晚秋时节，天气寒凉，农妇准备冬衣，并不难理解，但七月流火，则包蕴着较深的上古文化信息，这并不是讲本时期天热如同火炙，而是指一种特殊的天象，即在中国传统观念当中，对于火星的观察与崇拜。

中国古代天文学中，何谓"火星"？古代人们称"火星"，既可以指"五大行星"中的"火星",也可指"心宿二(即天蝎座α星)"。前者可称火,但在古占星术语中专称为"荧惑"。

古人对于"五大行星"的称呼:金星即太白;木星即岁,岁星;水星即辰星;火星即荧惑;土星即镇星,填星。

1973年出土于长沙马王堆三号汉墓的帛书《五星占》,将五星、五方、五行等做出了严格的介定:

> 东方木,其帝大昊,其丞句芒,其神上为岁星。
>
> 西方金,其帝少昊,其丞蓐收,其神上为太白。
>
> 南方火,其帝炎帝,其丞朱明,其神上为荧惑。
>
> 北方水,其帝颛顼,其丞玄冥,其神上为辰星。
>
> 中央土,其帝黄帝,其丞后土,其神上为填星。

火星,在古代文献中常称为"荧惑",虽也可称为火,如《史记·天官书》"火犯守角",却不是"七月流火"中的"火星"——心宿二。首先,火星的运行轨道并非春出秋入;其次,在古人的观念中,火星常被视为不吉,《汉书·天文志》:"荧惑为乱为贼,为疾为丧,为饥为兵,所居之宿国受殃。"尽管如此,心宿二这颗火星仍备受世人仰望与尊崇,因为在以农业生产为主导的时代,这颗星的运行轨迹起着"授时"的作用,引导着大地上的农事活动。所以,在表现农事为主导的《诗经·豳风·七月》中,不断被提及的,就是这颗火星,陈奂疏曰:"火,东方心星，亦曰大火。"在上古文献上，对火星的记载多与其运行的轨迹有关，《左传·昭公九年》："今火出而火称。"《左传·昭公十八年》："火始昏见。"心宿二，除称"火"之外，还称辰星、心星，其主要特征在于它春出而秋入。服虔注《春秋》云："火出于夏为三月，于商为四月，于周为五月。故云：'以春出'，季秋昏时伏于戌，火星入，故云'以秋入'。"因此，"七月流火"，指的是到秋季火星开始慢慢隐匿于天空之中，不再像春夏之时那样一直高悬。

**豳风·七月**

[来源：（宋）马和之《毛诗图卷》，北京故宫博物院藏]

心宿二也称"灵星，龙星"，《风俗通义》曰："辰之神为灵星。"汉代学者蔡邕在著作《独断》中写道："灵星，火星也。一曰龙星。"在此星运行轨迹的整个过程中，世间正好处于夏季，是万物生长最为旺盛的季节。《汉书·郊祀志》"立灵星祠"，颜师古注引张晏曰："龙星左角曰天田，则农祥也。"

心宿二于季春时分在天空中出现，季秋之时隐没，在古人想象之中，此时其正如一条巨龙横跨过天际，《说文》曰"龙"："春分而登天，秋分而潜渊。"又《易通卦验》曰："立夏，清明风至，而暑鹊鸣，博谷飞，电见，龙升天。"注曰："龙，心星名。"

心宿二在天空中的位置是不停移动的，好像巨龙不断自东往西而去。"天垂象，示凶吉。"这种天象便提醒人们，夏季时分，时气在不断更新，一旦违背时气，生命更新和壮大的进程便会凝滞。东汉学者王充在《论衡》中写道："夫虎出有时，犹龙见有期也。阴物以冬见，阳虫以夏出。出应其气，气动其类。参、伐以冬出，心、尾以夏见。参、伐则虎星，心、尾则龙象。象出而物见，气至而类动。天地之性也。"星辰的出没有定时，对应着阴阳气息变化有节，人类活动应该观象授时，顺天象、顺时气而动。因此，随着火星的运行轨迹，先民相应地开展了一些特殊的礼俗仪式来顺从"上天垂象"，改火礼就是这样一项礼仪。

《尸子》云："燧人上观星辰，下察五木以为火。"① 五木，指因季节不同而采用的五种木材，春取榆柳，夏取枣杏，季夏取桑柘，秋取柞楢，冬取槐檀。

相传燧人因为看到"有鸟啄树，粲然火出"，从而"用小枝钻火，号燧人氏"，不同季节要在不同木材上点取新火，是改火

---

① 水渭松注译：《新译尸子读本》，台北：三民书局股份有限公司，1997 年。

礼最早的雏形。不同的木材，意味着世上的物候随着时间变化发生着改变，在当季的木材上取火，是人顺应天时，随气候而动的行为选择，同时，人们也相信在季节交替时分点起新火有助于祛除疫气、毒气。《周礼·夏官·司爟》："四时变国火，以救时疾。"贾公彦疏："火虽是一，四时以木为变，所以禳去时气之疾也。"《管子·禁藏》也提到："钻燧易火，所以去兹毒也。"所以后世举行改火礼的依据多从此而来，不过在钻木的同时，还创造出了金燧的办法。木燧，乃是钻木取火；金燧，则是"取火于日"。

《论衡·率性篇》："阳燧取火于天，五月丙午日中之时，消炼五石，铸以为器，磨砺生光，仰以向日，则火来至，此真取火之道也。"可见，以金取火是"木燧"之后的事情，前提条件是冶炼技术的成熟。

最初改火礼的产生是由于对原始社会拥有火种后的进步生活的纪念，而这种礼仪在后世则慢慢演变为一种象征：在新的时期到来的时候燃起新火，便意味着新生命的开始，标志着新旧之间的更替：

> 《论语·阳货》中宰予问："三年之丧，期已久矣。君子三年不为礼，礼必坏，三年不为乐，乐必崩。旧谷既没，新谷既升，钻燧改火，期可已矣。"郑注曰："升，成也。言旧谷已成，明期是周岁，天道将复始也。"

虽然在不同的季节都要行改火礼，但春、秋二季，除取火生新火外，还有要特别遵守的仪式：

> 《周礼·天官冢宰·宫正》："宫正，掌王宫之戒令纠禁，以时比宫中之官府，次舍之众寡。……春秋，以木铎修火禁。"

> 《周礼·夏官·司爟》："季春出火，民咸从之。季秋内火，民亦如之。时则施火令。"

在上古春季和秋季，都要遵守一项仪式，即有一段时间不能生火。有专门的官员手摇木铃，提醒人民要"火禁"。这是为什么呢？

《周礼》引郑玄注曰："因天出火，民则为之，因天入火，民则休之。"特此解释到，此禁是"因天时而戒之"。天出火，意思是春季时分，心宿二从地平线上升起，中国自古流传着"二月二，龙抬头"的俗语，意思是在农历一月，心宿二仍然潜伏在天际线下，从二月开始，重新回到地平线上，从三月开始，跃上天空，开始一年的轨迹。因此，在初春之季实行火禁，禁止民间用火，是为了模仿心宿二隐而未显的状态。季春出火，在这个时节打破火禁，以人间之火回应和助力天体的运行，力求顺天行事。同样的，初秋之季，火星逐渐下沉，所以《七月》中写到"七月流火"，当到达季秋之时，心宿二基本隐于地平线下，因此季秋时分，人间又实行火禁，以主动的行为来符合星体运行的规律。虽然后世改火礼渐渐消失，为寒食节、清明节所取代，但它在上古时期的施行特征，分明体现出上天垂象、观象授时的思维特征，这一特征正是上古人类行为活动的主要法则。天是至高无上的参照物与指引者，人必须将自身命运和行为与天紧紧相系，才能获得跟上天一样永恒的存在感与价值感。

除心宿二以外，北方天空上最引人注目的星宿，还有北斗七星，这七颗高悬的恒星形态类似一把巨勺，其独特的形态与运转的规律不断引发诗人的颂赞。在《诗经》与《楚辞》中，都有与北斗七星相关的诗句。《诗经·小雅·大东》是一首悲叹国之将亡、民不聊生的诗歌，郁闷的诗人不断仰头望天，借着对星宿的感叹，来抒发心中的悲愤之情。当诗人看到银河旁边的织女星宿时，不禁叹言："维天有汉，监亦有光。跂彼织女，终日七襄。虽则七襄，不成报章。睆彼牵牛，不以服箱。"天上的织女星，终日织布纺纱，何其劳苦！但无论她如何劳作，也没看见布锦被织出来。这正如地上的百姓，被剥削得"杼柚其空"，尽管终日做工，但衣食仍无着落。当诗人看到北斗七星时，发出了这样的感慨："维南有箕，不可以簸扬。维北有斗，不可以挹酒浆。维南有箕，载翕其舌。维北有斗，西柄之揭。"天空南侧的箕星像斗状，但不可以用来簸扬米粟；天空北侧的北斗七星形状如勺，但不能用以灌流酒浆。两个星宿虽有其形，却无实用价值，诗人借此讽刺当权者在其位却不谋其职，空有其表而无其实的社会现状。换个角度说，与终日纺织、象征劳作的织女星相比，北斗七星"位高权重"，因此可以"有其形而无其实"，位居天穹却不做劳工。

与《诗经·小雅·大东》中对北斗七星不能抡勺注酒的批评相对应的是《楚辞》当中，诗人以饱满的情怀，欲挥动天空之巨勺，为自己斟酒。《九歌·东君》："操余弧兮反沦降，援北斗兮酌桂浆。"北斗七星除以特殊的形状吸引人们的注意外，它在北半球天空上指示四季的作用也是引起人们关注的重要原因。《鹖冠子·环流》："斗柄东指，天下皆春；斗柄南指，天下皆夏；斗柄西指，天下皆秋，斗柄北指，天下皆冬。"北斗七星正是因为具备了旋转授时的特性，在以农事活动为主的社会中，它的指示性带给人们清晰的时间感与方向感，它悬垂于天空，成为地上人类进行各种活动、展开四季礼仪的时间坐标。不仅如此，以北斗七星运行规律为理论基础的盖天说，是中国天文学史上历史最为悠久、影响最为深远的天文理论，盖天说也成为中国历谱的理论源头，是支撑四时礼仪的背景图谱。

盖天说最为有名的论述在于对天地关系的描述："天如张盖，地如覆盘。"天空好似盖子一般延伸在地的上方，而地面则如盘子一样倒扣在下方。《淮南子·天文训》："昔者共工与颛顼争为帝，怒而触不周之山，天柱折，地维绝。天倾西北，故日月星辰移焉；地不满东南，故水潦尘埃归焉。"这个神话故事反映出两个问题：第一，天地乃是两个平行平面，中间有天柱支撑；第二，古人很早有"天倾西北"的观念。共工将天柱不周山撞断了，不周山在西北方，故从此以后西北高而东南低。

除天地关系以外，盖天说的第二个主要特征在于对天极的描述。在先民看来，天始终围绕一个极点运转。而这个极点位于北方，称为北天极。北天极乃是天的中心。北天极和以此为中心的圆形天区，是古人一年四季均能看到的常显不没的星空：

"由于华夏文明发祥于北纬36度左右的黄河流域，因此，这一地区的人们观测到的天北极也就高出北方地平线上36度，这意味着对黄河流域的先人来说，以北天极为中心，以36度为半径的圆形天区，实际是一个终年不没入地平的常显区域。古人把这个区域称为恒显圈。"①

北斗是这一恒显圈中最引人注目的天象。《论语·为政》："子曰：为政以德，譬如北辰，居其所而众星共之。"北斗围绕北天极作周期性的旋转，有规律地变更斗柄的指向。人们可以从这一变化中了解季节的更替、寒暑的变化。

《中国方术考》中，李零先生提到出土文物中常有"式"。"式是古代数术家占验时日的一种工具，……这种器物虽方不盈尺，但重要性却很大，对理解古人心目中的宇宙模式乃至他们的思维方式和行为方式是一把宝贵的钥匙。"②"式"的构成：式是

---

① 冯时：《中国天文考古学》，北京：中国社会科学出版社，2007年，第125页。
② 李零：《中国方术考（修订本）》，北京：东方出版社，2000年，第89页。

按照"盖天说"天圆地方的观念而成型的。出土的古式多以部分组成。上部为圆形以象天，下部为方形象征地。二者中间有轴相连接，可以旋转。式上部正中多绘以北斗七星图。笔者认为式上方的中心所绘的北斗七星，不仅反映古人对于北斗的崇拜，而且也明确了北天极为天的中心这一古老观念。式盘上天地围绕北天极旋转，从而生成四时、四方、五位、九宫等，表达出宇宙通过围绕一个中心以生成万物。这正体现了北天极作为中心的神圣地位。

**式盘**

在上古礼仪乃至上古思维模式中，中心与四面所形成的关系，是最为稳定和完美的结构图式。在礼仪形式中，强调四方与正中，如祭坛的设置，讲究东西南北与中央的土色不同，北京的中山公园是清代社稷坛的遗址，在园中还可以看到五色土的遗留。又如《周礼》的结构，在天官与地官之外，设春、夏、秋、冬四官，其实四季都是与四方相对应的，再如具体器物的设置，如宫殿、礼器等，也多设计成"亚"形结构，这正是"四方—中心"结构的剖面图。"天垂象，圣人则之"，从对天文星象、宇宙结构的理解中所领悟到的原则性、基本性结构，成为人类社会建章设制的基础，并认为它具有不可置疑与更改的合理性。

对北斗七星与盖天说的认同，还间接地与冬季上演的一个特殊的礼仪有关。《礼记·礼运》中记载了孔子与弟子观看岁末蜡祭的故事："昔者仲尼与于蜡宾，事毕，出游于观之上，喟然而叹。仲尼之叹，盖叹鲁也。言偃在侧，曰：'君子何叹？'孔子曰：'大道之行也，与三代之英，丘未之逮也，而有志焉。'"孔子在鲁国作为礼仪助祭参与蜡祭，礼毕之后，和弟子出游于旧观之上。观，是古代宗庙外的台阙。孔子叹息着说大道之行与三代之英，现在都已不存，虽已不存，但他仍心向往之，有意寻求、维护。大道之行，是孔子回溯传说中的始祖神——尧舜禹时代的政治制度及社会风貌，其基本特征是："天下为公，选贤举能，讲信修睦。故人不独亲其亲，不独子其子。使老有所终，壮有所用，幼有所长，矜寡孤独废疾者皆有所养。"那个时代，是大同的时代，是天下为公、人人平等、各取所需的原始共产主义形态，孔子认为这是历史上的黄金时代，在这个社会中，道德趋于完善，因此他极力地推崇与追求。三代之英，即中国历史上的夏、商、周三代。这个时期的基本特征是："大道既隐，天下为家。各亲其亲，各子其子"，社会出现等级与分化，随之而来的是礼仪制度的建立："礼义以为纪，以正君臣，以笃父子，以睦兄弟，以和夫妇，以设制度，以立田里，以贤勇知，以功为己。"圣人、贤者、君子都是谨守礼制、克己复礼的典范。在这样的社会中，虽不再是人人平等，亲密无间，但社会井然有序，人类上下有伦，各居其位，各司其职，是一种可以实践、推而广之的社会形态，故名小康。康，有安稳之意。孔子生于三代之末，他对于以礼制构建社会形态的做法是认同并大力推广的。但是三代之后，礼崩乐坏，作为诸侯国的鲁国，大行蜡祭，却虚有其表，不知蜡祭之实义；大力修建宫殿台阙，却违反了"天子两观外阙，诸侯台门"，即诸侯不得有阙的礼制规范，逾越自己的身份。因此孔子叹鲁，大发感慨：大道与古礼，皆已不存！

那么，让孔子引发感叹的蜡祭究竟是怎样的一种祭祀礼仪呢？据古典文献记载，这是一种起源很早，在冬季举行的礼仪，相传由伊耆氏所立，三代皆有，内涵深远。伊耆氏即神农氏，是上古农业之神，他所立的蜡祭也与农事有关。《礼记·郊特牲》："天子大蜡八。伊耆氏始为蜡。蜡也者，索也。岁十二月，合聚万物而索食飨之也。"冬季，夏代历表为十月，商代为十一月，周代为十二月。《礼记》中记载的周代的蜡祭，在十二月份举行。蜡祭中的合聚万物，在仪式中体现为对八种事物的祭祀：先啬、司啬、农、邮表畷、猫虎、坊、水庸、昆虫。先啬，神农氏。司啬，后稷，周代始祖神，也是教导人们种植稷和小麦的农神。农，田畯，即田间小路。邮表畷，井田交界之处。猫，食田间老鼠；虎，吃田间野猪，保护禾稼，有益于人，所以祭祀。坊，储水池，用以蓄水。水庸，水沟，用以受水、排水，这里是祭祀坊与水庸之神。昆虫，包括蝗虫在内的害虫，使之不为灾害。在古代祭祀体系中，蜡祭是祭祀对象最为广泛的礼仪之一，力求将天、地、人、事、物都笼入其中，统一祭祀的原则在于"报答万物"，酬谢一切在一年之中努力完成自身使命的事物。在报答万物之后，世界将进入"息老"的状态。《周礼·春官宗伯·龠章》："国祭蜡，吹豳颂，击土鼓，以息老物。"同时，蜡祭司礼人要念道："土反其宅，水归其壑，昆虫毋作，草木归其泽。"从春至冬，到了岁末，万物结束一年的事工，由新生走向衰亡，进入到死亡与休眠之中，蜡祭之后，忙碌的世界沉寂下来，为下一个阶段的重新开始进行准备。

蜡祭图

为什么前文说，北斗七星与盖天说会和冬季举行的蜡祭礼仪有所联系呢？在盖天说对宇宙形态的阐释中，"天盖"具有特殊的形态：

《周髀算经》："欲知北极枢，璇周四极，当以夏至夜半时，北极南游所极；冬至夜半时，北游所极；冬至日加西之时，西游所极；日加卯之时，东游所极。此北极璇玑四游。"

璇玑是中国古代天文学中一个重要的同时也颇具争议性的概念。有的学者将其解释为北斗七星的简称，如《史记·天官书》："北斗七星，所谓'璇、玑、玉衡以齐七政'。"有的认为璇玑是北极星的别称，《续汉书·天文志》："璇玑，谓北极星也。玉衡，谓斗九星也。"东汉以后，璇玑与当时测量天体的浑天仪联系起来了，成为一种天文仪器的名字。但是《周髀算经》作为权威的天文学著作，对璇玑的定义与上述说法不同，它认为璇玑是一个圆形区域而非"极星"或"北斗"，并且，璇玑亦有面积可以测度。《周髀算经》："璇玑径二万三千里，周六万九千里。"所以，《周髀算经》中所指璇玑乃是天的一块区域，而这块区域是"北极星围绕北极运转所画出的圆形天区"①。璇玑的位置，也是天极之所在："天极下方的地势明显高出四周人们所居之地六万里，而且陡然而下，这其实就是上通天盖的天柱所在。与此对应的中央天极亦是如此，它同样高出四周六万里。天与地的侧视形状完

---

① 陈遵妫：《中国天文学史》，上海：上海人民出版社，1980年，第175页。

全一致。显然，天极中央隆起的柱状或锥状空间便是璇玑，它与天盖相交的圆周边界乃由当时的极星所画定，而人们从地面上观去，极星画定的中心天区陡然收成一锥状深穴，这个锥穴的顶点便是天极。"① 天极，为天的中心，乃至高之极点，是宇宙的起与终，这个区域的状态是怎样的呢？《周髀算经》："璇玑径二万三千里，周六万九千里，此阳绝阴极，故不生万物。"此处寒冷，是死阴之地，了无生机，但这万古沉寂的区域，却又是宇宙的中心，是生命起源之地与终结之处。从绝无生命之处繁衍生命，从欣欣向荣的大千世界遁入万古死寂。宇宙至极处生命的圆寂状态，与冬季作为四季的末尾与开端的状态是相一致的。冬季既是万物消逝之时，又是新生酝酿之始，在冬季举行的蜡祭，本义是"在于给自然生命的周期性结束息老送终，而在息老送终的背后则蕴含着辞旧迎新的意思，只是所强调的重点不是新生本身，而是新生命孕育的前提——回返生命的本源，不是阳刚之动，而是阴柔之静；不是发生之多，而是抱藏之一；不是萌发之出，而是孕育之状，如此而已"②。

蜡祭之后，一年事毕功成，无论是天地、万物，还是人类社会，都进入到休息静养的状态，以等待新一轮劳作的开始。因此，蜡祭又常伴随着乡饮酒礼一起展开。乡饮酒礼，是养老尊

---

① 冯时：《中国天文考古学》，北京：中国社会科学出版社，2007 年，第132 页。

② 叶舒宪：《中国神话哲学》，西安：陕西人民出版社，2004 年，第102 页。

贤、团结族人、睦亲友爱的礼仪，虽然礼仪一开始讲究秩序尊卑，序齿位，别贵贱，但酒到酣时，上下老少，位居高下者，都泯然欢欣，消融了之前严格划分的人与人之间的界限，礼仪从"别"走向"和"，恢复了礼仪的人性基础，展开了天、地、人合而为一的大诗篇。因此，《礼记·杂记》中，孔子看到了蜡祭背后的真谛：

> 子贡观于蜡。孔子曰："赐也，乐乎？"对曰："一国之人皆若狂。赐未知其乐也。"子曰："百日之蜡，一日之泽，非尔所知也；张而不驰，文武弗能也；驰而不张，文武弗为也；一张一弛，文武之道也。"

蜡祭使百日之劳的万事万物休息，蜡祭后伴随而来的乡饮酒礼，使严谨有序的礼仪条章松弛。宇宙之法，人文之维，就是在一张一弛、一劳一逸的节奏中生生不息地运行，世界的图景也在这阴阳有序、动静有节的法度中徐徐展开。

# 结　语


　　中国自古以来即被称为"礼仪之邦"，礼仪对社会生活的渗透是全方位的。首先是从国家制度层面，建立了以君君臣臣、父父子子为纲常关系的等级制度；在家族群体中间，确立了以宗法制度为核心的亲缘人际关系；在精神审美方面，开辟了礼仪形式化、表演化途径；在感情表达方面，礼仪起着规范与宣泄人情、人性的功用。这样，礼仪之邦，不仅仅指中国人热情好客、知礼守礼，还说明礼仪如同一张巨大的符号网，将社会的各个方面笼罩其中，在礼仪制度中间生活的人群都了解熟知这个符号网络中间的每一个信息，并能给予相应正确的回应。因此，礼是中国上古文化的表征。

　　《诗经》与《楚辞》是中国文学的源头，是中国人性格、性情的写照，是南北文明典型的代表。诗歌，是凝聚在历史文化长河中最瑰丽的结晶，它以感性的方式记录历史，以艺术的形式反映生活。以诗为镜，我们反观上古礼仪生活，发现那些在礼书文献中僵硬的记载，在出土文物中沉默的制度，鲜活地重现在上古先民的生活之中，成为一种活生生的生活形态、一种曾经真实而生动的文明样式、一种感人至深的社会氛围。死去的礼仪好像活了过来，成为我们日常生活中亲切真实的部分，是充满人情味、乡土情的习惯，是人人认可、约定俗成的习俗，是国家、个人日常生活顺利展开的一个个节点，是大众精心守护的共同传统和群体珍贵的记忆。

　　沿着《诗经》《楚辞》的脉络，我们可以看见礼仪是如何贯穿个体的整个生命的。从出生到成人，从冠礼到婚礼，再走到人生尽头，还需招魂复魄，最后以葬礼终结。礼仪以其独特的形式，在人生的各个阶段对人进行教化，使人懂得在每个时期应尽的职分、当守的准则、为人立身的要求，并起到点化人生、建立价值、感悟生命等深远意义。此外，我们还看到礼仪对于群体及社会生活的作用。一个族群有共同先祖，祭祀时昭穆有序，又接受先祖神灵统一的祝福，在相同的盼望中不断团结与壮大自己的族亲，在乡饮酒礼上，尊贤养老，上下有节，在乡亲和睦、融洽的氛围中演绎射礼、投壶礼等，最后宾主大醉，泯灭差异，合而为一，使礼仪与"天地同节"的精神得以彰显。在国家典礼上，君王以郊庙礼仪表现对于天地本源的看法与崇拜，以四时礼仪表现宇宙的结构模式，试图以礼仪的形式把握世界的根本，以获得帝国长久的兴旺与延续。因此，小到人生细节，大到治国立邦，礼仪都以润物细无声的姿态，塑造和凝聚了中华民族共同的思维习惯。

　　从古到今，世易时移，曾经庞大的礼制、经天纬地的大典，都已成为历史的篇章，成为学术研究的对象，那些恢宏的礼仪已经不再被表演和纪念；曾经耳熟能详的术语，成为今天佶屈聱牙的陌生字眼；象征权力、尊贵和地位的礼器，也转变为含义不明的艺术品，由于语境的改变，曾经表情达意的礼仪不再像过去那样，继续为我们传递着文明和文化的信息。

然而，文化的断层，事实上在每朝每代都有，孔子曾叹息："夏礼吾能言之，杞不足征也；殷礼吾能言之，宋不足征也。文献不足故也。"没有哪个时代会完全重复前面的道路，改朝换代之后接着便是新一轮的治礼作乐。但有些文化的根基，无论时代如何演变，时间如何推进，它们始终以潜移默化的形式沉淀在我们的生活当中：从现代的婚礼当中，能看出传统婚礼的影子；如今的丧葬习俗，仍然反映着古今对生死看法的一致性；随着季节的变化，人们都知道"二月二，龙抬头"；清明时节，阳气升发，郊游踏青，还保留着"寒食"礼仪的旧影；端午时节，长辈给幼儿系上五彩丝带，以祛盛阳之毒；冬至将临，家家闭藏，吃羊肉、饺子，以迎阳气之长……古礼中的有些成分，与人性自然相关的，今天仍然活跃在我们的生活当中，成为每一个中国人的烙印，那些属于过去的、特殊历史时期的，则转变成为民族潜在的意识和心态。

《诗经》和《楚辞》对于礼仪的记载与描写，显得那么自然，与诗歌本身的美感水乳交融，合为一体。在诗篇当中，礼仪也是诗的乐响，上古诗乐舞一体的文化形态，本身就是礼仪的上演、诗歌的吟诵、舞蹈的律动。我们说，那是文史哲尚未独立时期的混合状态，这个论述看似公允，却带有现代人的批判眼光。反之，现代的文艺需不需要从"诗乐舞"中汲取营养与经验？最美的艺术，是否应该像诗歌一样隽永、像音乐一样悦耳、像舞蹈一样自由？当然，这并不是指要创造一种形式混乱的艺术品，而是在艺术的至上审美境界当中，陶醉着相通的、灵动的审美法则，不仅要以分门别类的标准判断、裁决作品的水平高低，更要以感人心、动人情的普遍标准为准则。如此，我们会更深地明白古人所说的"情动于中而发于外"，才有可能像福柯所憧憬的那样，把日常生活雕琢成为一件艺术品。